きょうも猫日和

今江祥智

ハルキ文庫

角川春樹事務所

きょうも猫日和

目次

本文イラスト　宇野亞喜良

きょうも猫日和《ねこびより》

白《しろ》い椿《つばき》の咲《さ》く庭《にわ》

1

京の西に、竹の寺と呼《よ》ばれる、小さな、けれどとても美しい名刹《めいさつ》があります。呼び名のとおり、むろん竹がみごとです。入口の左手の竹やぶは、毎年生える新竹《にいだけ》のういういしさが、ずんとした古竹《ふるたけ》にまじって、しーんと美しい。そして秋は銀杏《いちょう》の黄金《こがね》いろと紅葉《もみじ》のくれないが目にしみますし、冬の山茶花《さざんか》やわびすけのつつましい花も忘《わす》れがたい。

それにまた、いつ出かけていっても、あんまり観光客がいないのもうれしい。たいていの観光客は、つい先年までは、すぐ下の苔寺《こけでら》だけ見て帰ったし、苔寺が閉《と》じられたあとは、少しはなれた鈴虫寺《すずむしでら》のほうにいってしまっておしまい……ということらしい。

いわば竹の寺は観光京都の「穴場《あなば》」なのであります。

わたしは若《わか》いころから年に三度くらい、それぞれの木が一番美しい季節に出かけることにしていました。それもなるたけ人のこないような雨上がりの夕暮《ゆうぐ》れ前とか、ひっそりとした朝のうちにとか——とにかく、家からだと歩いても一時間はかからないものですから、散歩するにも手ごろな場所です。

そして、予想どおり、誰《だれ》もきていないとうれしくなり、まるで自分の家の庭にでもいるような気もちになって、庭を歩きまわり、銀杏《いちょう》の大樹《たいじゅ》の下にぼんやりたたずんで黄金《こがね》いろの葉が風と遊ぶのを長いこと見あげていたりするのでした。

それから奥《おく》のお庭を見せていただくために、小門《こもん》をくぐり玄関《げんかん》に立ちます。そのままあがって、ひとりで坐《すわ》りこみ、しんとしたお庭を見て見て——いくら見ていてもあきないのですが、そのあと、お茶をいただきたくなったら、玄関へ立っていって、そこに吊《つる》してある銅鑼《どら》を打ちます。

ぼじゃぼじゃぼじゃーん……。

銅鑼の響《ひび》きがゆっくり吸《す》いこまれたころに、すらりと襖《ふすま》があいて、物静かな住職《じゅうしょく》さまか奥さまが出てらして、お茶をたてて下さる——のが、きまりでした。

ところが――あれはこの秋、十一月のおしまいころだったでしょうか。紅葉《こうよう》も終わり、洛西《らくさい》へもどっさり押《お》しよせた観光客のみなさんの数が、うそみたいにへったころを見はからって、わたしはしばらくぶりに竹の寺をたずねました。

思ったとおり、お客はいないようです。ほっとして門を入り、おやと思いました。いつもは誰《だれ》かがいらっしゃる門際《もんぎわ》の小屋が無人《むじん》でした。御不浄《ごふじょう》へでも立たれたのかな――わたしは拝観料《はいかんりょう》を置いて入りました。

つき当《あた》りの銀杏《いちょう》の横で、老夫婦《ろうふうふ》とすれちがいました。おたがいに目礼《もくれい》しあいながらゆきすぎました。玄関《げんかん》に立つ。そっと中をうかがうと、誰もいない。そのままあがって、赤い毛氈《もうせん》を敷《し》いた縁《えん》に坐《すわ》って庭を打ち眺《なが》めました。苔《こけ》がかわらず美しく、気の早い山茶花《さざんか》が二つ三つ花をつけているのもうれしく、ずいぶん長いことひとりでそうしていました。

不意《ふい》に何かの気配というか――息づかいがした気もちで、ふりむくと、すぐ横に誰かが坐っています。

いつのまにきたのやら、わたしはまったく気づきませんでした。その人は、わたしになためにに背《せ》を向けたかっこうで庭に見入《みい》っており、横顔のはしっこしか目に入りません。まだうら若《わか》い女性で、ココア色のセーターに胡桃《くるみ》いろのズボンで、きちんと正座《せいざ》してらっしゃる。お茶かお花でも習ってられるのかな……と思いました。それからしばらく、わたしはまたぼんやりと庭を眺めていましたが、その人は身じろぎもしない。膝《ひざ》を崩《くず》さないのですから……。

　わたしは何か話しかけたくなった。しかし、あんまり熱心に見入《みい》ってられるものだから、ついつい声をかけそびれてしまい、きっかけをつかめなかった。となると、こちらはまるで、ずっと話しかけていたみたいに、のどが渇《かわ》いてしまった。それなら、まずお茶をいただこう、銅鑼《どら》を打とうと、立ちあがりました。

　と、その人がすっと立って、

　―お茶でございますね。

　人の心を読みとったように言い、くるんとふりむいた。わたしは思わず息をのんでしまいました。凛《りん》とした白椿《しろつばき》の花一輪といえばいいのか、そんなのが目の前で花咲《はなさ》いている――という感じだった。それが、こちらがかすかにうなずくのを見ると、では……と頭をさげて向《む》こうへ消えていった。それからやっと、わたしはその人の目鼻だちの優《やさ》しくくっきりと美しかったことを遅《おく》ればせながら思いだしていました。そしてわたしは一目《ひとめ》でその人のことを忘《わす》れることができなくなってしまったのでした。

　申し遅れましたが、わたしは三十を一つ二つすぎた男で、陶芸《とうげい》にうちこんでまだ独身者《ひとりもの》であります。

　その人のたててくれたお茶のおいしかったこと。思わず、おかわりをしてしまいました。

その人は、有難《ありがと》うございます……と、深ぶかとお辞儀《じぎ》して、去っていった。二つめのもおいしくいただき、ついつい、

—もう一つ。

言ってしまって、イソーロー三杯目《さんばいめ》ニハソットダシ……を思いだし、苦笑いしてしまいました。その人も、口のはじでそっと笑い、

—そんなに……。

と言った。

そんなに——おいしゅうございましたか？　というんだろうか。そのとおり。

そんなにわたしのたてたお茶がお気に入りましたでしょうか？　というのだろうか。もちろん、そのとおり。

わたしは大きくうなずきました。

その人はそっと立って、お茶をたてにいってくれました。

2

あくる日から、わたしは陶芸《とうげい》に身が入らなくなってしまった。土をもんでいても、つい手が止《とま》ってしまい、乾《かわ》かしている壺《つぼ》を眺《なが》めていては、つい手をかけては落っことして割《わ》っ

てしまう。心を沈《しず》めようと、ろくろをひき、大きな壺に立ち向《むか》うと――ふちをつぶしてしまう。さんざんな半日をすごしたあと、竹の寺に足を向けていました。秋晴れの、少し肌《はだ》に冷たいくらいの大気の中を、透明《とうめい》な糸にあやつられるように、歩いていました。

しかし、その日は見かけることができませんでした。

好天が災《わざわ》いした（？）のか、珍《めずら》しくお庭拝観《はいかん》の客が十人ばかりもいたせいでしょうか。大黒《だいこく》さま＝奥《おく》さまが忙《いそが》しくお茶をたてては運ばれ、さげられていました。

（だとすると、あれはここのお嬢《じょう》さんだろうか。それにしてはこれまで一度も見かけたことがない……）

奥さまにきこうにも、あまり忙《せわ》し気《げ》にしていらっしゃるから、ききようがないうちに、またかわりの人がくるといったあんばいで、その日は結局、帰るしかありませんでした。

＊

あくる日、わたしはあの寺も、あの人のことも忘《わす》れようとしました。女人《にょにん》よりもやきもの――と思いこもうとしました。一心不乱《いっしんふらん》に土をこねました。それはもう肉体労働ですが、ただ力業《ちからわざ》とばかりはいきません。雑念《ざつねん》を去って心をこめ、こねあげなければいけません。

それなのに、わたしのどこかに、あの白椿《しろつばき》が花開き、芯《しん》のところから黒い大きな目が、じっとこちらを見つめるのが――見えるのです。目を閉《と》じると――よけいにはっきりと花が見え、開いても、わたしのすぐ横で、ひっそりと花開いているのが――見えるのです。

わたしは土こねもそこそこに また西に足を向けてしまいました。どうか誰《だれ》もいませんように……。

先客がありました。

三人連れの女子大生でしょうか、あの人と同じくらいの年かっこうの女性《じょせい》が、あの人にたててもらったお茶をいただいていました。あの人は三人の横にそっと坐《すわ》って、わたしには後姿《うしろすがた》しか見えません。わたしはそっと咳払《せきばら》いしてあがると、奥《おく》の間《ま》のすみに坐りました。様子《ようす》をうかがうと、あの人はお茶碗《ちゃわん》をさげていくところでした。今度《こんど》も後姿でしか見えません。三人の女性客はなかなか立とうとせず、わたしはいらいらしながら、お庭と、玄関《げんかん》脇《わき》の襖《ふすま》を交互《こうご》に眺《なが》めていました。その襖の奥からあの人はお茶をもってきてくれるのです。

わたしは立って銅鑼《どら》を、ぼじゃーんと打ちました。お茶を一服所望《いっぷくしょもう》の合図です。ひき返して奥の座敷《ざしき》に坐りました。

しばらくして襖が開き、——奥さまが出てこられた。まさか、奥さまのはいただけません。あの人のを待ちます……などと言えるわけがない。わたしは有難《ありがた》くいただきました。三人の手前、あの人のこともききかねました。閉門《へいもん》の時間がきて、わたしは三人客と一緒《いっしょ》に、しぶしぶ席を立つしかありませんでした。

そのあくる日も、だめ。そのあくる日も無駄足《むだあし》でした。十二月に入り、木枯《こが》らしが舞《ま》い始めたというのに、どういうわけか、観光客が絶《た》えないのです。それもきまって長《なが》っ尻《ちり》で、

ときたま、あの人を見かけて、わたしが心はずんであがったあとも、帰ろうとしない。

わたしはあの人と一対一で坐《すわ》りたく話したく、そんな形でお茶をいただきたく思っているものだから、ついついお茶の所望《しょもう》さえ言いだしかねているうち——また次の拝観客《はいかんきゃく》が入れかわり——結局閉門《へいもん》の時間になる。わたしはもう、日参《にっさん》しながら歯がみしている始末《しまつ》でした……。

あの人と一対一という、待望《たいぼう》のときがめぐってきたのは、忘《わす》れもしません、十二月もそろそろ下旬《げじゅん》に入った二十一日の夕暮《ゆうぐ》れどきでした。ねばるように（とわたしには思えた）坐っていた男の学生が帰ったあと、あの人は、そっとわたしの横にお茶をもってきてくれました。

わたしは何か——いや、一言《ひとこと》が言いたかった。あの日以来のあの人への気もちの傾《かたむ》き、想《おも》いのたけ、心入《こころい》れ、といったものを口にしたかった。

けれど目の前の白椿《しろつばき》にともった赤い小さな形のいい唇《くちびる》を前にすると口が乾《かわ》いてしまった。

わたしはもう唇もかさかさに乾いてしまった……。

と、あの人は、

—もう一つたてましょうね。

やはりこちらの心を読みとったように言い、つと立っていった。そのまま、なかなか出てきてくれない。どうしたのかな——といぶかり、立とうとしたとき、何やら物音がして、

それにおっかぶせるように、

―これこれこの……。

奥《おく》さまの声がくぐもって聞こえ、そのままた静まり返ってしまいました。

それから少しして、襖《ふすま》があいて出てこられたのは奥さまでした。

―おそうなりまして、無調法《ぶちょうほう》で……。

深ぶかと頭をさげられ、こちらは何が無調法か分《わか》らないまま、あわてておじぎし返すとお茶をいただいた。あの人のことは言いだせませんでした。

お寺は二十五日で、一般《いっぱん》公開が終わりになります――と掲示《けいじ》があり、その残りの四日、わたしは通いつめました。

あの人を見かけることは、ありませんでした。わたしは座禅僧《ざぜんそう》みたいに、半日以上も奥の間《ま》に正座《せいざ》して、あの人の出《で》を待っていました。

おしまいの二十五日、わたしは朝から出かけました。今日はクリスマスだな――と、これからお寺へいく人間としてはふつりあいのことをふいと思いうかべながら。

お寺はしーんと静かでした。入口の小屋も無人《むじん》でした。わたしは足早に境内《けいだい》を抜《ぬ》け、玄関《げんかん》に立ちました。誰《だれ》もいない様子《ようす》です。靴《くつ》を揃《そろ》えてあがる。そっと座敷《ざしき》をうかがう。誰もいない――いや、猫《ねこ》が一匹《ぴき》日なたぼっこしていました。できたての豆腐《とうふ》みたいに白く、上等の毛糸玉みたいにふっくらした子猫が一匹。

わたしは猫《ねこ》の横に坐《すわ》りました。なんだか、とてもなつかしい気もちのする猫が、こちらを見あげるとナーオ……と鳴きました。

—ナオちゃんか。

思わず声をかけていました。

—ナーオ。

猫が返事するように鳴きました。

—ナーオ。

わたしも答えていました。すると、体がずくんと小さくなったような気がしました。

—ナーオ。

また白猫が鳴いてすりよってきました。うれしくなって、ナーオナーオと鳴いてやると、その度《たび》に、体が、ずくんずくんと小さくなっていくみたいな気がしました。

—ナーオ。

—ナーオ……。

いつのまにか白猫の細い優《やさ》しいひげが、わたしの頬《ほお》をくすぐっていました。そしてわたしもいつか——ひげで相手をくすぐり返していました……。

＊

—まあ、二匹《ひき》になってるわ。白ちゃん、もうこないだのように、お茶碗《ちゃわん》わったりしないでね。

奥《おく》さまが言い、白猫《しろねこ》は小さくミャオウ……と返事していた……。日がおちて、街の教会ではいよいよ聖降誕祭《せいこうたんさい》のキャンドル・サービスが始まる時間でした。

ねこふんじゃった

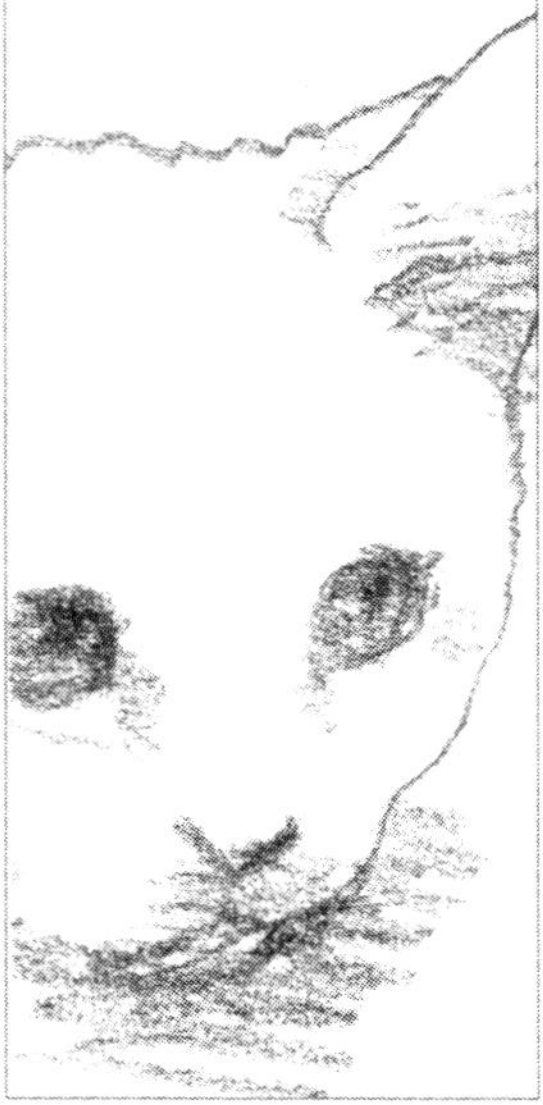

とんとんむかし、まだみんながあたまにちょんまげをゆっていたころのこと。なかでも、お城《しろ》づとめのみなさんのちょんまげはりっぱで、ねこだって、お城にいるのなら、ちょんまげをのっけなければならないくらい……。

けれど、その城にはねこは一ぴきもいなかった。だから、その城のちっちゃなおひめさまは、ねこを見たことがなかった。

とにかくうまれてからずっと、城からでたことがなかったのだからしかたがない。なにしろ、ひとりっ子だから、とのさまがそれはそれはだいじにしていたのだ。

といっても、おひめさまがそんなくらしにたいくつしていたことはない。

ちっちゃなおひめさまにくらべれば、お城《しろ》はどーんと大きく、たっぷりひろくて、中庭でれんげつみをして花輪《はなわ》をつくっていても、もひとつの中庭で、池のこいにえさをやっていても、ゆきがふった日なら、ゆきうさぎをつくっていても——一日はすぐにすぎてしまった。

だからある日のこと、とのさまがもったいぶって、

—ひめ、きょうは外出《そとで》じゃ、はじめて城からでるのじゃぞ。めずらしいものを、たんと見られるわ。

といっても、ふうん……と、はなをならしただけだった。

そして、かごにのせられ（おひめさまは、おしこめられたとおもった）、ながいながい行列がくまれて、いざ、「おたちィ……」——となっても、おひめさまはべつにうれしくなんかなかった。それに、ゆくさきがお寺でおはかまいりときては、こころはずむわけもなかった。

おひめさまは、かごの中ではじめてたいくつしていた。

のぞきまどをちょいちょいあけては外を見るのだが、かごをかこむようにして歩いているさむらいたちの、いかめしいかおがあるばかり、そのむこうには、行列にむかって、はいつくばっておじぎしている人のあたまが見えるばかり……。

おひめさまは、まったくおもしろくなかった。

（なにが、「めずらしいものを、たんと見られるわ」やのン……）

こころの中で、おくにことばでぼやいていた。

行列が、ひどくのろくおもわれた。いっそ、とびおりて、よこをかけぬけてやったら、さぞかし、すっとしますやろなあ……とおもったが、そんなことをしたら、まわりのさむらいが、

—ひめぎみ、おくるいめされたか！

なんてわめいて、ぐいととりおさえますやろなあ……とおもうと、やっぱりからだがすくんでしまうのだった。

むりもない。おひめさまは、まだ八つになったばかりなのだ……。

それでもようやく行列は、お寺についた。

おひめさまは、やっとかごからでることができた。

お日さまが、とてもまぶしかった。お寺の空は、ぐんとひろかった。

（お城《しろ》みたいに、いかめしいたてものが、ないさかいやからだすやろなあ……）

とおもい、おひめさまは大きくいきをすいこんだ。お香《こう》のいいにおいが、はなにつんときた。とてもしずかだった。おひめさまは、お香のにおいが気にいって、そいつをふかぶかとすってみたくて、もいちど大きくいきをすいこもうとした。

そのとき、なにやら、ふんにゃかしたものが、あしのくるぶしに、つんとあたった。くすぐったくて、もうすこしで、こえをあげるところだったが、さすがはおひめさま、女の子といっても、やはりたしなみがちがう。ぐっとこらえて、そっと見ると、

—なんだすやろなあ。

おもわず、こごえでいってしまった。

上等の、まっ白なふとんわたをちぎったみたいなものに、タンポポの花のような目がふたつついていて、そいつがまぶしそうにおひめさまを見あげると、

—ニィィ……。

とないて、すりよってくるのだ。

くすぐったくて、さすがのおひめさまもこんどは、ふひひふひふひ……と、おかしなこえをあげてしまった。

そのこえを耳ざとくききつけたおくがたが、これからおはかまいりというのに、はしたない——といったきつい目で、おひめさまをふりかえった。その目がこわくって、おひめさまは、あとじさりした。

そのとたん、ふとんわたがほえた。

—ニギャオン！

おひめさまも、ひめいをあげ、さむらいがかけよってきた。

—ひめ、いかがめされた。

いかがめされた——と、しかつめらしくきかれても、ふんづけたあいてがなんだかわからないのだからせつめいのしようがない。

そこで、(母上《ははうえ》さまの目がおとろしゅうて——だけはぬかして) ついあとじさりして、このものをふんだらしいのじゃ……といって下をゆびさしたが、かんじんのこのものは、もういなかった。

—ひめ、てんごがすぎますぞ。

うそをついたようにとられて、家老《かろう》にしかられてしまった。

おひめさまは、ぷんとふくれた。つんとすねた。しかし、いまはそんな子どもにかまっているひまはないと、かけつけたさむらいたちは、みんなちってしまった。

(あんにゃろめ!)

町の子なら、そういっておこるところだが、おひめさまは、そんなことばをしらない。

ふくれっつらで、さっきのをさがした。

いた、いた。すぐよこの庭石のかげで、まあるくなってる。にくいあんにゃろめだったが、そうして見ているとかわいかった。つかまえてだきしめたくなった。さっきのくるぶしにあたったときの、くすんとした毛のかんじをおもいだすと、おひめさまは、あんにゃろめに、ほおずりしたくなった。それで、

―いちどう、たちませェい！

と、号令がかかっているのに、ひょいとよこへでて、あんにゃろめをひろいあげようとした。

あんにゃろめは、ひょいととんでにげた。

おいかける。にげる。またおいかける。

―ひめ、ひめ！　こちらへ、こちらへ。

家老《かろう》が、おしころしたこえをとばしながら、おひめさまをおいかけてきた。

―さようなところで、なにをなさっておられまする。

なにを――ときかれても、おいかけるあいての名もしらないのだから、せつめいのしようがない。おひめさまは、だまってしぶしぶもとのところにもどって、歩くしかなかった。

あんにゃろめのおかげで、いちばんうしろになったが、このほうが気がらくだった。

おひめさまは、きょろきょろしながら歩いていたが、さっきのおいかけっこで、きもののひもが一本ゆるんで、しっぽみたいにたれていることに気づかなかった。

おひめさまは、あんにゃろめのことはわすれようと呼吸《こきゅう》をととのえ、しずしずと歩きはじめた。おまいりがすんでからおいかけてもおそくない。

ごせんぞさまのはかが目にはいるところまでくると、いちどうとまられませい、ときた。おひめさまもたちどまった。

そのとたん、おなかのあたりを、だれかが、つんつんとひっぱるのだ。おどろいてふりむくと、あんにゃろめが、さっきのひもにじゃれつき、くいついてひっぱってるからだった。

おひめさまは、そっとそおっと、ひもをたぐりよせる。

あんにゃろめはしっぽをきゅんとたて、耳をふせて、おしりをふり、つつつつとせまってくる。とびついた。そこをすかさず、おひめさまは、すばやくつかまえた。

また、家老《かろう》に見つかってはうるさいので、そっとたもとにいれた。あしもとがふわふわして気もちわるいのか、あんにゃろめはなきごえをあげたが、たもとからもれるほどではなかった。

おひめさまは安心し、こころおだやかにおまいりをすませることができた。

おまいりのあいだ、ときどき、たもとの中をそっとのぞいてやると、あんにゃろめはまるくなってねむっていた。

(こんなのをしめしめというのンね……)

おひめさまは、かわいいしたをちろりとだして、ひとりでにこにこした。それから、いまがおはかまいりのさいちゅうで、ここがお寺であることをおもいだして、あわててかおをひきしめた。

お寺でおひるをいただくことになって、おひめさまは、いちばんおくのざしきにあがることになった。ほんとは、さっさとかえって、あの白い生きものとあそびたかったのだが、そんなわがままがいえるわけがなかった。めだってはいけなかったので、おひめさまは、たもとの中を気にしながら、できるだけおとなしくたべていた。

やさいばかりの精進《しょうじん》料理で、さかななしだったからだいじょうぶのはずなのが、そこがそれ、お寺にいるねこだけあって、精進料理にはなれていて、とにかくたべもののにおいで目をさましたらしかった。たもとの中で、さかんになきごえをあげはじめた。

おひめさまは、せきばらいしたり、できるだけ音たててたべてみたり、なんとかしてそいつをけそうとやってみたのがわるかった。おくがたが、またこわい目になって、おひめさまをにらむのだ。

これいじょうかくせなかった。しぶしぶたもとの中から、みつからないように、そっとだしてやるしかなかった。

あんにゃろめは、つるりとすべりでて、手近《てぢか》のごちそうをいただくつもりで、おひめさまのおぜんにかけよったが、おぜんのあしがたかくて、のびあがってもとどかなかった。

おひめさまは、いっそおしあげてやりたかったが、それだとまた、はしたないことを――としかられるにきまっていた。

ちょうどそのとき、小さな坊《ぼう》さま（ここの住職《じゅうしょく》さまのむすこ）が、お茶をささげもってはいってきた。おひめさまのまえにおいて、かしこまっておじぎをして、そのままひきさがろうとしたところで、あんにゃろめに気づいた。

小坊主《こぼうず》さまの目がかがやき、ついと、手をのばしてつかまえようとした。あんにゃろめは、にげておひめさまのうしろにかくれた。

小坊主さまは、小さいがいいこえで（なにしろお経《きょう》できたえてあるもので）、

―れろれろ！

とよんだ。

すると、あんにゃろめは、すぐにでてきて、小坊主さまにすりよった。小坊主さまは、すばやくつまみあげると、さっさとふところにしまいこみ、おひめさまが、いやァんとおもっているうちに、さがっていってしまった。（あれのこと、れろれろっていうンやわ。お父上《ちちうえ》にいって、れろれろを手にいれてもらおっと……）

いちどうは、あんにゃろめのことはだれひとりとして見ることなく、そのまま城《しろ》へもどっていった。

おひめさまは、お父上＝とのさまのきげんのいいとき、れろれろを手にいれてくれるようにたのんでみた。

―なに？　れろれろだと？　なにものじゃ、そやつは？

なにものだときかれても、わかるわけがなかった。

なにしろあのとき、れろれろとよばれてとんでいったものだから、あれは、れろれろというものだとしか、おひめさまにはかんがえられない。こまってしまって、母上《ははうえ》さまにもたのんでみたが、れろれろ、れろれろとくりかえすおひめさまのひたいに手をやって、しんぱいそうにかおをくもらせるだけ。家老《かろう》にたのんでも、やはりだめ……。

お寺へいきたかった。しかし、おまいりなどは、そんなにたびたびあるわけはない。

おひめさまは、れろれろがほしくて、せめてあいたくて、うずうずしたが、なにしろどんなものだかわからないもので、だれにもどうにもたのめなかった。

そして、そのうち、れろれろのことなどふっとびそうなことがおこってしまった。

いくさがはじまったのだ。

東どなりと西どなりのくにのいくさにまきこまれ、くにじゅうがひっくりかえるようなさわぎになった。おまけにあっさりとまけいくさで――お城《しろ》までやけおちてしまった。

そんなわけで、おひめさまは二どとれろれろにあえなかった――とおもうだろうが、そうではなかった。

なんと、れろれろといっしょにくらすことになったのだ。いくさのさきゆきをあやぶんだ家老のさしずで、寺にあずけられることになったからだった。

おひめさまは、もうれろれろにむちゅうで、毎日毎日がたのしくてたのしくて、いくさのことなど、どうでもよかった。

お城《しろ》がやけおちまけいくさときまり、とのさまもおくがたさまもゆくえしれずになった（そして家老《かろう》は、ひめがあわれじゃ……とそのことをしらせなかった……）が、おひめさまにとってはいまは、れろれろのことだけであたまがいっぱい、そしてれろれろのかいぬしである、あの小坊主《こぼうず》さまと、日ごとになかよくなっていった……。

いくさがおわったあともずっと、おひめさまは、その寺にあずけられたままだった。そうしないと、いのちをたすけてもらえないというとりきめだったのだ。

しかしおひめさまは、そんなことはしらない。ただただ、れろれろと、それからあの小坊主さまといっしょの毎日がうれしくてたまらないのだった……。

それからながい年月がすぎたいま、おひめさまはこの寺のだいこくさま（おくさま）として、のんびりゆったりすごしている。いまではここの住職《じゅうしょく》さまである、もと小坊主さまが、そのよこで、せっせとお経《きょう》をかきうつしている、しずかな毎日だ。

れろれろはもういなかったが、れろれろのまごねこたちが六ぴきもうろうろしている。

そして、おひめさまのむすめのしのが、子ねこたちをおっかけまわし、なんとかして、そのしっぽをふんづけてやろうと、かけまわっている。

—おまち、まちなはれ、いうてるのにィ……。

けれど子ねこのほうは、ふまれてはたいへんとにげまわる。半日もかかって、やっと一ぴきのしっぽのさきっちょでも、ちょいとふめたら、しのはおおにこにこで、

—ねこふんだったあ！

と、かちどきをあげるのだった。

笑《わら》い猫《ねこ》飼《か》い

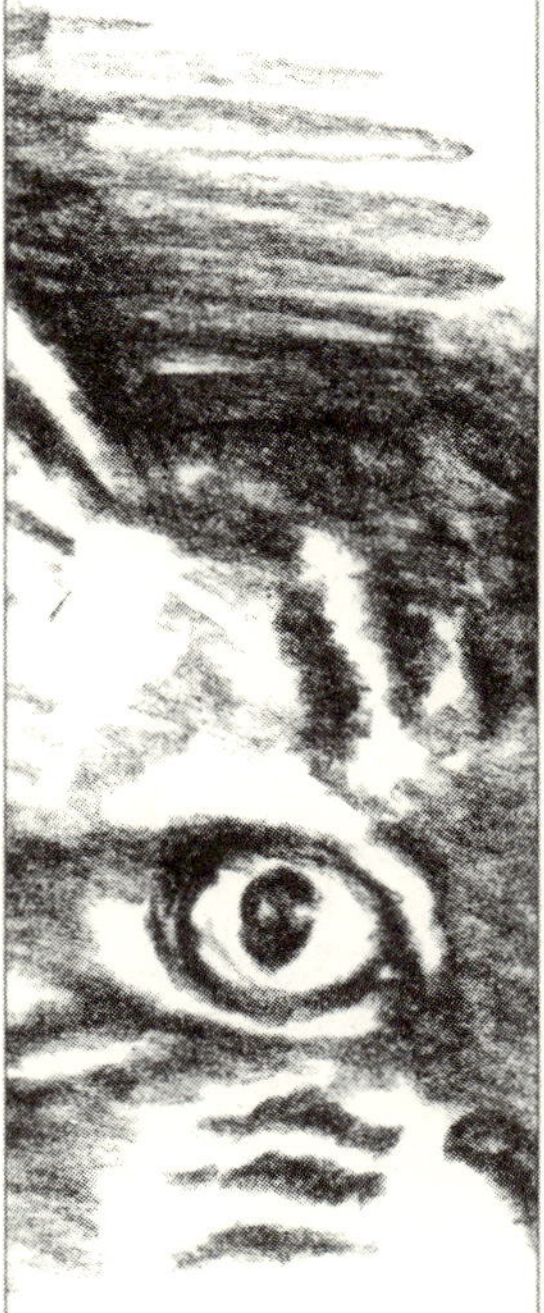

1

玉錦《たまにしき》。タカラヅカ。零戦《ゼロせん》。空襲警報《くうしゅうけいほう》。東條《とうじょう》はん。スイトン。三番館。チューインガム。ファンファン。鉄腕《てつわん》アトム。素《す》キャット……。そして、ついこのあいだまでいたブラック・ジャックたち。

名前こそ、ちょっとかわったのばかりでしたが、戦争前から、ついこのあいだまで、わが家に猫《ねこ》がきれたことなんてありませんでした。

わたしがおぼえている一番古い猫は玉錦で、わたしはまだ六歳《さい》、玉錦のほうが年上で、いばっていました。体つきも堂々としていて、まさに横綱《よこづな》、名前負けしない猫《ねこ》でした。ときどき二本足で立ってよたよた歩いていましたが、もしかすると、しこでもふむつもりだったのかもしれません。

タカラヅカは、姉さんがもらってきた猫で、なにもかも玉錦《たまにしき》とは正反対のできでした。ほっそりしていて、すばしこく、顔も小さくひきしまって、ひげもきれいにはっており、目がはっきりと大きくて、あれで深緑色《ふかみどりいろ》のはかまでもはかせたら、宝塚《たからづか》星組の新入りといってもおかしくない気が――幼《おさな》いわたしにもしていました。玉錦は力士《りきし》によくある短命型《たんめいがた》でしたし、タカラヅカも、佳人《かじん》なんとやらで、早くいってしまいました。

二ひきとくらべて、戦中派の二ひきは長もちしました。零戦《ゼロせん》は、名のとおり性能《せいのう》がよろしくて、ネズミとりの名人でした。ネズミの栄養のおかげでしょうか、かなりとしとってからも充分《じゅうぶん》飛んで――いや、とびまわってネズミを追いまわしていました。零戦がいなくなるころには、日本の空はもう、あのB－29というやつしか飛んでいませんでした。空襲《くうしゅう》警報《けいほう》は、わたしたちと一緒《いっしょ》に防空壕《ぼうくうごう》の中までついて入ってきましたが、本物の警報が鳴ると、きまって同じ調子で鳴くのでした。もっとも、長いほうの警戒《けいかい》警報のまねはしませんでした。こがらな猫でしたから、いきがつづかなかったのかもしれません。空襲警報は、そのころあんまりよく発令《はつれい》される空襲警報に腹《はら》をたて、ついついつけてしまった名前でしたが、大声で呼《よ》びにくい名前でした。警報もでていないのに連呼《れんこ》すると、近所めいわくになります。つけてからしまったと思いましたが、あとの祭りで、本人はすぐにおぼえてしまって、気にいった名前らしかったから、しかたありません。隣組《となりぐみ》の組長さんが、メガホン片手《かたて》に、警報発令《けいほうはつれい》と同時に、

――くうしゅうけいほお、くうしゅうけいほお!!　全員退避《たいひ》ィ!!

とどなって歩くのを、きょとんとした目つきでよく見あげていましたが、ある夜の空襲《くうしゅう》警報のとき、防空壕《ぼうくうごう》に入りそびれ、そのままいなくなってしまいました。

空襲警報がいなくなっても、警報の発令がとまったわけでなく、そのあと迷《まよ》いこんできた東條《とうじょう》はんも、むしろ警報《サイレン》を子守唄《こもりうた》がわりにして育ちました。東條はんはペルシャ猫《ねこ》とまちがえるくらい、ふわふわのきれいな白猫でしたが、わが家歴代の猫のうち、はじめて、そのあたりのボス猫になりました。しかし、あの大阪大空襲の夜、東條はんの逃《に》げ道《みち》についての判断《はんだん》のミスから、自分についてきた二ダースあまりの猫と一緒《いっしょ》に焼け死んでしまいました。

そして、敗戦。

わたしは中学一年生。猫どころではない日々でした。

それでもまた、いつのまにか、みすぼらしい猫を飼《か》い始め、スイトンと名づけたその灰《はい》色《いろ》の猫は、飼主《かいぬし》ににて、ひょろひょろで何とか生きつづけてくれました。わたしも何とか生きのび生きつづけ――いつかつれあいをもらうとしになっていました。

結婚《けっこん》して、山小屋のような家で暮《くら》し始めて、わずか半年ほどのあいだに、わが家の猫《ねこ》は、五ひきにふえていました。わたしがことわりなしに夜半《よなか》すぎてから帰るようなことがあり、そのとき近くの草っぱらに捨猫《すてねこ》がいたら、拾《ひろ》ってきて飼《か》ってもいい約束になっていたからです。つれあいはピアノがうまく歌が歌えたせいか耳もよくて、捨猫のあわれっぽい鳴声《なきごえ》を遠くからでもききつけました。そして、いそいそとかけつけては拾ってくるのです。それからその猫の名前を考えるのがたのしいひと仕事らしかった。わたしが翌《あく》る日帰ったときには、ちゃんと名前がきめられており、猫のほうでももうおぼえているのでした。捨猫だけに、それだけ一生懸命《いっしょうけんめい》だったのかもしれません。

そのぶんでいくと、わが家には、ますます猫がふえるはずでした。しかし、わたしの仕事の関係から、その土地をはなれることになり、さて、猫たちの移住《いじゅう》は――と考え始めたとき思いがけないことになったのです。

場所もよし、広さも手頃《てごろ》、家賃《やちん》も安い――と三拍子揃《さんびょうしそろ》った借家《しゃくや》をやっと見つけたのに、そこの大家さんが「猫はゼッタイお断《ことわ》り」と言うのです。わたしはあわてて、よそをあたってみました。しかし、急に、そんなにいい条件《じょうけん》のところがあるはずもなく、日もせまってくるし――で、結局、泣く泣く、猫たちの移住はあきらめるほかありませんでした。さいわい、猫好きの友だちには、こと欠きませんでしたから、わけを話し、後日《ごじつ》きっと迎《むか》えにくると猫たちに言いきかせ、猫たちもそれぞれうなずいてくれた様子《ようす》があったので、五人の友だちに「あずける」ことにしました。ブラック・ジャックたちは、ごあいさつがわりにつけられた特上のカツオブシと一緒《いっしょ》に散っていきました……。

2

　それにしても、猫《ねこ》のいない家が、あれほどまがぬけているものだとは思いませんでした。わたしたちはまるで、ポケットのない服を着て、鍵《かぎ》をかけ忘《わす》れた家に住み、気のぬけたビールをのんで、シーツなしの床《とこ》で寝《ね》ているような気分の毎日でした。こっそり飼《か》えばいいじゃないか――と二人とも何度こっそり考えたかしれません。しかし、盆栽鉢《ぼんさいばち》を何十もならべて、朝夕手入れを怠《おこた》らない右隣《みぎどな》りの中年夫婦《ふうふ》のことを考え、三味線のお師匠《ししょう》が一人暮《ひとりぐら》しの左隣りのことを思うと、それもできない相談と、うなずき、あきらめるほかありませんでした。

　最後の手段《しゅだん》として、わたしは野良猫《のらねこ》の餌《え》づけをすることにしました。二階の物干台《ものほしだい》にあがり、ときおり裏庭《うらにわ》（といってもそれこそ猫のひたいほどのものでしたが……）に、ちらと姿《すがた》を見せる野良猫に上等の干魚《ひうお》なんかを、すばやく投げてやり、そいつをくり返すことによって、野良さんを少しずつ手なずける方法です。しかし、誇《ほこ》り高い野良さんたちには、猫ババするのが多くて、餌づけもなかなか思いどおりにはいきませんでした。こちらは少しずつ餌《えさ》の量を多くし、餌の質《しつ》を高めていくしかありません。ときには、もう一口《ひとくち》——と箸《はし》をだす手を休めて、その料理を餌《え》づけ用にまわしました。すぐに投げてやれるさきイカやソーセージの類《たぐい》のものも切らすことのないように気を配り、わたしども夫婦《ふうふ》は餌づけに努力しました。

その甲斐《かい》あってか、やっとのことで、わが裏庭《うらにわ》に入りこみ坐《すわ》りこんで餌《えさ》を待ってくれる野良《のら》さんもでてきました。真黒《まっくろ》い金眼《きんめ》のと、三毛《みけ》のやせたの。わたしたちは大喜びして、金眼のを黄金《おうごん》バット、やせたのをツイギーと呼《よ》ぶことにしたのですが、二ひきとも知らん顔。野良さんは名前で呼ばれたことがないから仕方《しかた》がない。わたしたちはまたしぶしぶ、口笛《くちぶえ》で呼びかけるしかありませんでした。けれど、二ひきとも、みるみる毛並《けなみ》が美しくなり、どうやら一《ひと》まわり大きくなっていくように思えるのは、うれしいことでした。ただ、二ひきとも用心深《ようじんぶか》く、どんなにしても家の中へ入ってこないのは何とももどかしく、情《なさ》けない。ときにはもう餌づけなんかやめてしまおうと思うのでしたが、顔を見るとやめるのなんかとんでもないやと、思い返させるだけの可愛《かわい》さを、二ひきとももっていました。しかし、それにしても物足りない。

やっぱりわたしたちは、うちの猫《ねこ》がほしかったのです。何としても飼《か》いたかったのです。だが、両隣《りょうどな》りは、猫族にとっては鬼門《きもん》でした。それに大家さんも、ちょくちょくのぞきにきました。ナンテンや沈丁花《じんちょうげ》の苗木《なえぎ》をあげるといってきて下さるのはいいのですが、そのたびにどうやら、猫《ねこ》をかくし飼《が》いにしていないかをたしかめているふうがあって、こちらは、あんまりいい感じがしませんでした。でも、そんな大家さんの心配もむりはない。なにしろわが家の壁面《へきめん》には、あの最後の五ひきの猫たちの写真がどっさりかざられていましたから……。

—猫がお好きなんですなあ……。

大家さんの奥《おく》さんは小さな声で言いました。わたくしはとにかく猫が怖《おと》ろしゅうて怖《おと》ろしゅうて……。奥さんはネズミになったみたいに身をすくめてつぶやきました。この人もまた、赤《あか》ん坊《ぼう》だったとき、唇《くちびる》についていたミルクをなめにきた猫の目のおそろしさが、心の底にやきついている人なのかもしれません。こちらは黙《だま》って笑い猫みたいなあいまいなうすら笑いをうかべるよりしかたありませんでした。

奥さんが帰ったあと、わたしはひざを打ちました。そうか、笑い猫か。それでいこう。そいつを飼うことにすればいいんだ……。

笑い猫というのはむろん、あの『ふしぎの国のアリス』に登場する猫で、木の枝《えだ》にとまり、歯をむきだしてニヤニヤ笑っている有名なおかたです。しっぽのほうから少しずつ消えてゆき、やがて顔だけになり、口だけになり、おしまいには「ねこなしのニヤニヤ笑い」だけ残して消えてしまうねこ、つまり猫の透明人間《とうめいにんげん》なのだ。わたしはそいつを飼うことにしようと考えたのです。

3

わたしはその猫に、「いないいないばあ」という名をつけることにしました。ほんとは、いないのだから、ぴったりです。けれど、いないいないばあ——と言ったとたん、ひょいと顔をだすみたいに、そいつがほんとうにでてきてくれたらどれほどうれしいか——といった思いもこめて、そうきめたのです。わたしは、まず、つれあいに、いないいないばあを紹介《しょうかい》しました。

いないいないばあは、頭にM字模様《もよう》のついたタビー種《しゅ》の長毛《ちょうもう》の猫《ねこ》で、目は銀青色《ぎんせいしょく》。ふかふかの背中《せなか》の毛のあたりにはチョウの模様があって、まるで上等の刺青《いれずみ》つきのクラシック・タビーにしました。

いないいないばあは、たいてい、家にいません。気のむくままに散歩にでかけてしまいます。だから、こちらはその優《やさ》しい姿《すがた》を見ることは、ほとんどない。それでも、食事どきには帰ってくるみたいですが、それも束《つか》の間《ま》で、こちらが、おや、いるじゃないか——と思ったときはもう栗色《くりいろ》の風になってとびだしています。ほんのときたま、日当《ひあ》たりのよい応《おう》接間兼書斎《せつまけんしょさい》にある海いろのソファの片隅《かたすみ》で寝《ね》そべり、毛づくろいをしたり、うたたねをし

たりすることもある様子《ようす》ですが、そんなときにしても、姿《すがた》は見せません。やわらかで淡《あわ》い栗色《くりいろ》の体が、明るい黄金色《こがねいろ》の日の光の中に溶《と》けて見えなくなってしまうらしいのです。いないいないばあは、そんなふうに、家からも、わたしたちからもまったく自由な猫《ねこ》なのでした。つれあいは、そんないないいないばあのことを、すぐに好きになってくれました。

—やっとまた、猫を飼《か》えるのね。

つれあいはうれしそうにつぶやき、タビー種《しゅ》でもカツオブシなんかたべてくれるかしら？ と心配そうな声をだしました。そしてその日のうちにデパートへでかけ、上等のブラシやらリボンやら、びんづめのマタタビまで買揃《かいそろ》えてきました。そして、夕食どきになると、三人分のおかずをつくり、以前したみたいに、表にむかって、

—いないいないばあーちゃん!!

と呼《よ》びかけ、

—あらやだ、「ちゃん」をつけると「ばあちゃん」みたい。わるいわ。

と、いないいないばあにわるがっていました。そんなに気をつかっているのに、いないいないばあは、その日も帰ってきませんでした。黄金《おうごん》バットとツイギーだけは、いそいそとやってき、いないいないばあ用の食事にありつきました。

しかし、いないいないばあが、ちゃんといることをわたしは知っていました。わが家のどこかに、うっそりと寝《ね》そべっているか、すまして毛づくろいをしているか、ぷいと散歩

にでかけるところか、——いずれにしても、いる気がしました。もともと猫《ねこ》というものは、人間の気ままになるわけがない。自分の気まぐれで、人間とつきあってくれるものです。

わたしは、いないいないばあが、どこかにいるのをたしかめるよりも、そうした名のすてきな猫を、わたしたちが飼《か》っていると思うだけでも満足でした。

朝、目をさますと、ふとんのすみっこを見ます。いません。

—おやあ、もうおでかけか。朝起きのいいやつだ。

言いながら顔を洗《あら》いに起きる。戸をあけて庭をちらと眺《なが》めます。いません。

—今日も朝から遠出《とおで》か。ごくろうさまなこった。

ぼやきながら、食事にかかる。

—朝食ヌキは体に毒《どく》だよな。

—ほんと。ほんとね。

つれあいも心配そうに言い、ふたりは、わが子のように、いないいないのおなかのぐあいを気にしながら朝をすごします。言い忘《わす》れていましたが、わたしは絵描《えか》きで、本の装幀《そうてい》やら、気ままな絵本づくりを仕事にもしていて、たいてい家にいます。もっとも、写生なんかにでかけるときもありますが、そんなとき、いないいないばあをつれていきたいのは、もちろんです。だからきまって、家中《いえじゅう》さがし、見当《みあた》らないと（いつもなのですが）、

—いないいないばーあ!!

と呼《よ》びかけながら、しぶしぶ家をでることになります。近くの神社の裏山《うらやま》へのぼったりするとき、草のしげみに、ついとしっぽみたいなものが動くと、あ、あんなとこにいるくせに――なんて思うのですが、いないいないばあは、今は、かくれんぼしたがっているんだ――と自分に言いきかせて、深追《ふかお》いはしないことにしています。いずれ、かくれあきたら、自分からでてくるさ……。けれど、いつも、いないいないばあのほうが先に遊びあきて、こちらの知らないまに、どこかへ遊びにいってしまいます。

雨の日くらいは家にいたらいいものを、とも思うのですが、いたずら好きのいないいないばあは、そんなとき、たいてい天井裏《てんじょううら》へ入りこんでネズミ狩《が》りをしているようです。ネズミたちの走る音にまじった、やや重い足音が、いないいないばあのものだ、とわたしとつれあいは話しあいます。雨の日の運動にちょうどいいじゃないか……と、わたしはつれあいをなぐさめて言います。笑《わら》い猫《ねこ》から思いついただけあって、あれはやっぱり笑い猫なのだ。そこらじゅうに猫なしのニヤニヤ笑いだけ残して、いないいないばあは、とびまわっている様子《ようす》なのでした。

（これじゃやっぱり「笑い猫飼《か》い」だなあ、まるで……）

わたしは、自分の思いつきに、今さらながらに苦笑《くしょう》してしまいました。

そんなふうなつきあいが何日も、何日も、何週間もつづいて、わたしたちは、いないいないばあの気まぐれにも、すっかりなれてき始めていました。

ところが、そうなってはじめて、つれあいが、みょうなことを言いだしたのです。いないいないが見えるというのです。台所にいても、応接《おうせつ》であみものをしていても、どこかから、だれかの視線《しせん》を感じる。そこで、ついとふりむくと、たしかに猫《ねこ》がいる。いや、つい今の今までいた気配がある……というのです。

そんなことってあるわけないだろ……と言いたいのをおさえて、わたしは何度もきき返しました。ほんと？　ほんとにほんとかい？

ほんとうよ、とつれあいは真顔《まがお》で言いました。そうかなあ、それだったらもっとすばやくふり返ってみたら……と、わたしは、そそのかしました。まるでガンマンの対決みたいね、とつれあいは笑いました。いいわ、やってみるわ。できるだけ早くね。そうだ、ウィンクするより早くだ。やってみる。つれあいはまた真顔でくり返し、ウィンクしてみせました。昔から、わたしによくやってみせてくれたやつで、そばにだれがいようと気づかぬほどすばやく可愛《かわい》く、わたしだけにしか分《わか》らないものでした。これより早くなら、いくら笑い猫でも消えるひまはあるまい……とわたしも思い、ウィンクし返しました。

それから三日目、つれあいがちょっとあおざめた顔でわたしに言うのです。

――いたわ、いたのよ。

――ちゃあんといたかい？

――……ううん、おでこのところだけ。

――？

――あなたが最初に言ったでしょ、あいつはタビー種《しゅ》で、おでこのところにMの字型《がた》の模《も》様《よう》があるって。

――ああ。それに背中《せなか》のあたりにはチョウの模様があるのさ。

――そのMの字が見えたの。たしか、濃《こ》い栗色《くりいろ》のかわいい模様だった……。

――ふうん……。

わたしはあいまいに鼻を鳴らしながら、気のない声をだしましたが、内心どきどきしていました。そうか、笑《わら》い猫《ねこ》なら消えるときもあれば現《あら》われることもあるんだ。それで、まずMの字模様から見え始めたのなら、次は背中の模様じゃないのか。それからゆっくり、全身が現われてくるんだ。そして、ちゃんとした「いないいないばあ」になるんだ。それに、そんな笑い猫なら、大家さんが様子《ようす》をうかがいにきたときにも、消えることができるんだ、背中の模様とおでこの模様だけ残して……。

わたしはそこまで、つれあいに言うのはよしました。人に言えば、あいつが、すねて姿《すがた》を現わしてくれない気がしたのです。わたしはこっそり、家のどこかに落ちているかもしれないMの字型の模様と、家のどこかを飛んでいるかもしれないチョウ型の模様を見つけようと、ときおり、ちらちらとふり返るようになりました。いるか。いないか。あるか、ないか。

そして、いないいないばあが、ほんとうに住んでいるみたいに、食器から寝場所《ねばしょ》まで、ちゃんと揃《そろ》えてやりました。朝夕の餌《えさ》も、欠かさずやり、夜は寝る前に呼《よ》びかけ呼びこむことも欠かしませんでした。

そんなある夜、わたしは肩《かた》のあたりがむずむずする気がして、すばやくふりむきました。すると、たしかにMの字型《がた》の模様《もよう》が、ゆりいす《ロッキング・チェア》のあたりに見えたのです。わたしは大声をあげたいのをがまんし（いないいないばあがおどろいて逃《に》げだしてしまってはたいへん）、体をかたくして次の視線《しせん》を待ちました。

次に視線を感じたのは腰《こし》のあたりで、くすぐったい気もちになって、ふりむくと、やはりMが見えました。まちがいなし。いないいないばあは、やっとわたしの前に姿《すがた》を現《あら》わし始めたらしいのです。そこでわたしは思いつくところあって、大きなキャンバスをもちだし、そこにねんいりにきれいなチョウが飛んでいる絵を描《か》きました。今はやりのスーパーリアリズム風に、まるで本物のチョウが舞《ま》っているのとそっくりに描いてやりました。もしもいないいないばあが見たら、きっと手をだしたがるにきまっているほどの出来ばえでした。そしてわたしは、その前で、いかにもたいくつそうな様子《ようす》で坐《すわ》り、パイプをくゆらせていることにしました。絵のチョウをじいっと眺《なが》める。そいつは少しずつぼやけ始め、ひらひらとはねを動かし始める（ように見えてくる）。飛ぶぞ。あ、飛んだ……と思ったとたん、そのキャンバスの前に、もう一つ、あまい栗色《くりいろ》のチョウが飛び始めたのです。

（でた！　やっぱりでたぞ！）

大声をあげたいのを懸命《けんめい》にこらえて、わたしは、そのチョウを――いないいないばあの背中《せなか》の模様《もよう》を、目が痛《いた》くなるくらい見つめていました。気がつくと、いつのまにか、つれあいが、そっとわたしの後ろに立っていて、そのふしぎなチョウを、まばたきもしないで見ていました。

こんどは、あちらが二人の視線《しせん》を感じたのでしょうか、チョウ模様は――いないいないばあは、ふっと消えました。あとに残ったのは、わたしが描《か》いたチョウばかり。しかし、わたしは満足でした。わたしたちが世にも珍《めずら》しい笑《わら》い猫《ねこ》のいないいないばあを飼《か》っていることがはっきりと分《わか》ったものですから……。

わたしの笑い猫飼いは、こうして今始まったばかりです。気長く気長くつきあって、いつか全身が見えるようになったら、またちゃんとお知らせします。おや、こんどは右の脇《わき》腹《ばら》のあたりがむずむずする。じゃあ書くのをよして、ウィンクよりすばやくふりむくことにいたしましょうか……。

スミレの花《はな》さァくゥころォ……

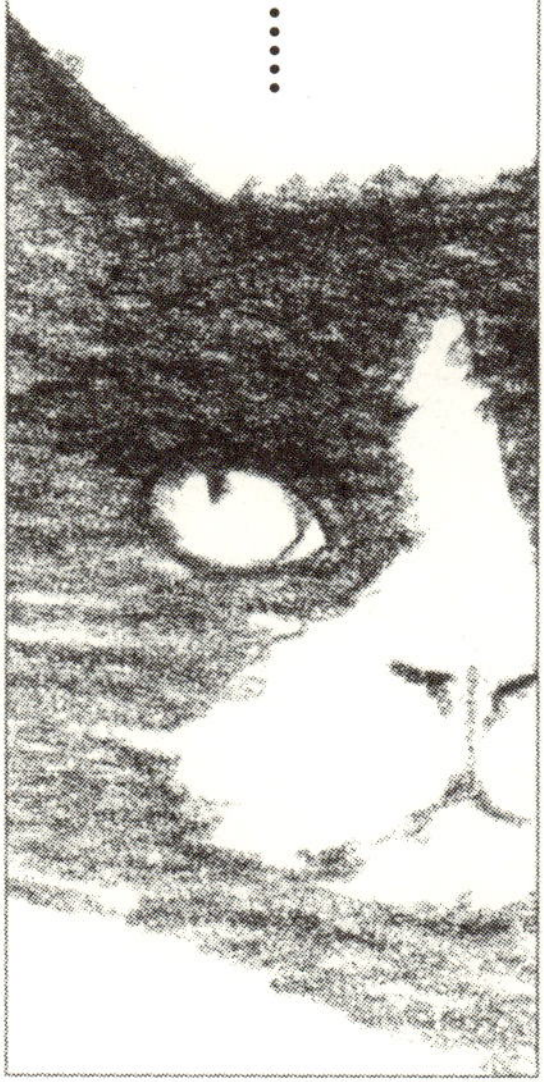

1

まこちゃんちのスミレのやつに、あかちゃんができたので、みんなよろこんでいたところが、おなかの大きくなりかたが、どうもふつうではない。どんどこ大きくなって、とてももう、スミレなどというかわいい名がにあうようなネコではなくなってしまった。ホウセンカでもなくアヤメでもなく、おそざきのボタンか、みだれざきのシャクヤクといったようすになった。

ねこはだいたい三びきから五ひきぐらい子どもをうむというけど、スミレのおなかには、もっとはいってるみたい……と、三郎《さぶろう》にいさんがいった。

—六つくらいやろか。

次郎《じろう》にいさんがいった。

—いや、七つ。かけてもええ。

太郎《たろう》にいさんが、いやにきっぱりといった。

—なんでわかるのン？

と、明子《あきこ》ねえさんがきくと、そやかて、おれ、ひまなとき、スミレのおなかに耳をくっつけて、あかんぼの心音《しんおん》をきいてるンや、たしか七つあるンや……、という。

すると、

—わたしは八ひきやとおもうけどな。

と、まこちゃんがこごえでいった。

なんで？　明子ねえさんがききかえすと、そやかて、うちは七人家族やろ、スミレいうたら負けずぎらいやさかい、一ぴきでもよけいにうむつもりやわ……と、まこちゃんがこたえた。

三人のにいさんと明子ねえさんは、こえをそろえて、それこそネコみたいに、みやみやわらった。まこちゃんはぷんとふくれた。なにもみんなでこえをそろえてわらわなくてもええやないの……。

——スミレ、こうなったらわたしもいいじゃ。八つうんでな。

まこちゃんは、こっそりとたのんでみた。スミレは、わらったりなどしなかった。ビー玉みたいにきれいな目のかたっぽを、ちろりとつむってみせた。

ふたつきたらずして、スミレはあかんぼを八ひきうんでくれた。さすがにつらかったらしい。よこでしんぱいそうにつきそっているまこちゃんに、目をやるゆとりもなかった。

まこちゃんは、じぶんのおかずのカレイの煮《に》つけを、だまってスミレにもっていってやった。

2

八ひきもいるうえ、まっくろなのが四ひき、しろが二ひき、かおとしっぽがしろ、からだがくろのが二ひき——と、よくにたのがちょろちょろするから、みわけにくい。めんどうがりのとうさんは、くろいのにプイプイ、しろはマイマイ、のこりはニャンと名づけて、これでええやろ……と、すましてる。ネコのほうは名なんかにおかまいなしに、ぐるぐるわいわいふざけまわるから、いよいよわからなくなる。それでもはじめのうちは、にいさんらも口ぐちに名をよんで、じぶんのねこをきめたがった。けれど、

——プイプイ・ワン。

―マイマイ・ツウ。

―ニャンニャン。

などと、かってにきめてよぶものだから、ネコにそこまでわかるわけがない。わかるつもりもない。あいかわらず、わいわいぐるぐるふざけまわってばかりいる。にいさんらは、じきにあきてしまった。明子ねえさんは、ちょうどスミレにあかんぼうがうまれたころから、お花にこって（なんでも、教えてくださる先生がすてきなよし）、スミレのことなどわすれてしまったみたい。

で、八ひきのめんどうは、まこちゃんがみるしかなくなってしまった。

これはまこちゃんには、やっぱりちょっとしたしごとだった。なにしろまこちゃんは、まだ五つの女の子だったから……。

おかあさんがびょうきしたこともあって、まこちゃんだけ、うんととしがはなれていた。だから、もうはんぶんいじょう大人《おとな》のにいさんねえさんが、ネコの子なんかにすぐあきてしまって、まこちゃんにおしつけても、まあしかたがなかった。それに、みんなはおしつけたなんておもわなかった。子ネコのことを、まこちゃんにとっては、じょうとうのおもちゃくらいにかんがえていた。

まこちゃんのほうは、おもちゃだとはかんがえなかった。一ぴき一ぴきを、だいじなともだちだとおもっていた。ともだちなら、まず名をおぼえないといけない。

まこちゃんは、くるくるひょこひょこ、ふざけまわりはしりまわりとびまわる八ひきの、ほんとにもうよくにた子ネコをみわけることからはじめた。

そいつはなかなかのおしごとだった。

それにまこちゃんには、ようちえんにかようというしごともあった。ようちえんでも、けっこういろんなことをおぼえなければならない。おうたのもんく、おうたのふし、おりがみのしかた、おあそびのいろいろ……。それをすませてから、八ひきとつきあうことになる。八ひきがほんのすこしのまもじっとしていないのは、まこちゃんがようちえんにいってるあいだじゅう、家でぐっすりやすんでるからなのを、まこちゃんはしらない。なんてまあ、げんきのいいれんちゅうだと、あきれてみているばかりだった。そして八ひきは、まこちゃんがくたびれてねむくなるとおとなしくなり、ねむってしまうと、八ひきのほうもねむった。

そんなことがなんにちもつづくと、まこちゃんは、じぶんも子ネコになりたくなった。じぶんも子ネコになってかけまわるのは、ともだちになれるちかみちだ。けれど、女の子がネコの子になることはできない。まこちゃんはあれこれかんがえたあげく、やっとのことでおもいついた。

（そうや、みんなをいっぺんにみようとしたさかい、わからヘンようになってしもたンや。一日一ぴき、よくばらんとおいかけてみよ）

まこちゃんはうれしくなり、そうや、そンでそのネコを一ぴきずつ絵にかいてやろ……と心にきめた。

まこちゃんがきょろきょろしないで、こしをすえて一ぴきずつ「かんさつ」しはじめると、ネコのほうでもどうやらそのことに気がついたらしかった。ねらわれた一ぴきをかばうように、にたのがまわりをいりみだれてかけまわり、目くらましをやってくれた。まこちゃんはあたまがくらくらした。ネコのいじわるぶりにはらをたてた。けれどこちらはべつにいじわるでしていることではない。ともだちになりたくて、そのてはじめに、あいての一ぴき――いや、ひとりひとりをおぼえようとしているだけだ。おこってはならなかった。まこちゃんはスケッチ・ブックをとりだし、ネコのわるふざけにしらんふりして、まずスミレのほうからかきはじめた。わざとへいきなかおをして、こごえでうたもうたってやった。

〽スミレのはァなァさァくゥころォ……。

スミレはじぶんの名を、やさしいちょうしでよばれたので、気をよくして目をほそめた。まこちゃんはくりかえした。スミレはいよいよ目をほそめ、じぶんの名をよくきこうとして、そばでふざけている子どもたちに、しいいっ……と、いきをふきかけた。

子ネコたちは、おとなしくなった。しろやくろのボールになってだまりこみ、ころがった。

まこちゃんはくりかえしくりかえし、うたをうたった。

〽スミレのはァなァさァくゥころォ……。

子ネコたちは、もうかけまわらなくなった。じぶんじぶんの、いちばんすきなことをやりだすようになった。

ぼうしがお気にいりで、ピチャピチャしゃぶるのがいた。じぶんのしっぽにむちゅうで、ぐるぐるかけまわるのがいた。うらないしみたいに、ぺたんとおしりをおとしてすわりこみ、目をとじているのがいた。きんぎょばちにうつるじぶんのかおを、あきずにながめているのがいた。おどけてふざけまわるのがいた。ヨガでもしているみたいなかっこうで、ねそべってばかりいるのがいた。

まこちゃんは、なんにちもかけて、一ぴき一ぴきをクレヨンでていねいにかいていった。できあがると、うらに「だい」をつけた。

「プイプイのぼうし」

「ぐるぐるプイプイ」

「うらないしニャン」

「びいどろマニヤ」（このむずかしいことばは、ちょうど、それをかきあげたとき、うしろにきてみていた明子ねえさんがつけてくれた）

「ピエロ」（このことばは、テレビのサーカスばんぐみをみておぼえた）

「ヨガ・クラス」（これもおなじ）

……

八まいぜんぶができあがると、まこちゃんは、それをじぶんの小さなへやのかべにピンでとめた。八ひき――いやいまでは八にんのともだち、これですっかりおぼえた――とうれしかった。にいさんねえさんにそのことをはなしたくて――どようびのよる、みんなにこえをかけた。まこちゃんのへやは、にいさんねえさんでいっぱいになった。まこちゃんは、ひ、と、り、ひとりひとりをみわけ、おぼえるのがどれほどたいへんで、やっとのことでこの絵ができたことを、あんまりうまくもなくはなした。

すると、太郎にいさんが、

――ネコの子をみわけるのンなんか、かんたんやンか、しっぽにいろのちがうリボンでもむすんどいたらええ。

といった。

――そうや、それがめんどうやったら、いろちがいの絵のぐでもぬるとよかったンや。

と、次郎にいさん。

――そやそや。

と、三郎にいさん。

——ひげのながさをいろいろにしてきってやってもよかったンや。

と、これは明子ねえさん。

(なんていじわる……いまごろになって……)

まこちゃんは、くやしくてくやしくて、なきたいくらいだった。でも、ともだちにそんなことできるもんか。まこちゃんはだまって、絵をはずしてかたづけた。にいさんねえさんは、がやがやいいながらでていった。まこちゃんはネコのみんなのところへいった。じぶんもよこになってねそべった。かなしくて、小さなこえで、スミレのはァなァさァくゥころォ……とうたった。

スミレの目がふしぎないろにひかって、まこちゃんのことを、まともにみた。

3

——れれれ、もう十時やいうのに、まこがおらへンねンて。

にいさんたちがわいわいいいながら、家じゅうをうろうろし、かいちゅうでんとうをもってそとへでていった。

——まァこォ……。

——まこちゃあん……。

こえがとおざかっていった。

＊

八ひきの子ネコにまじって、それこそスミレの花みたいなほっそりしてかわいい子ネコが一ぴき、しあわせそうにねむっていた……。

日《ひ》なたぼっこねこ

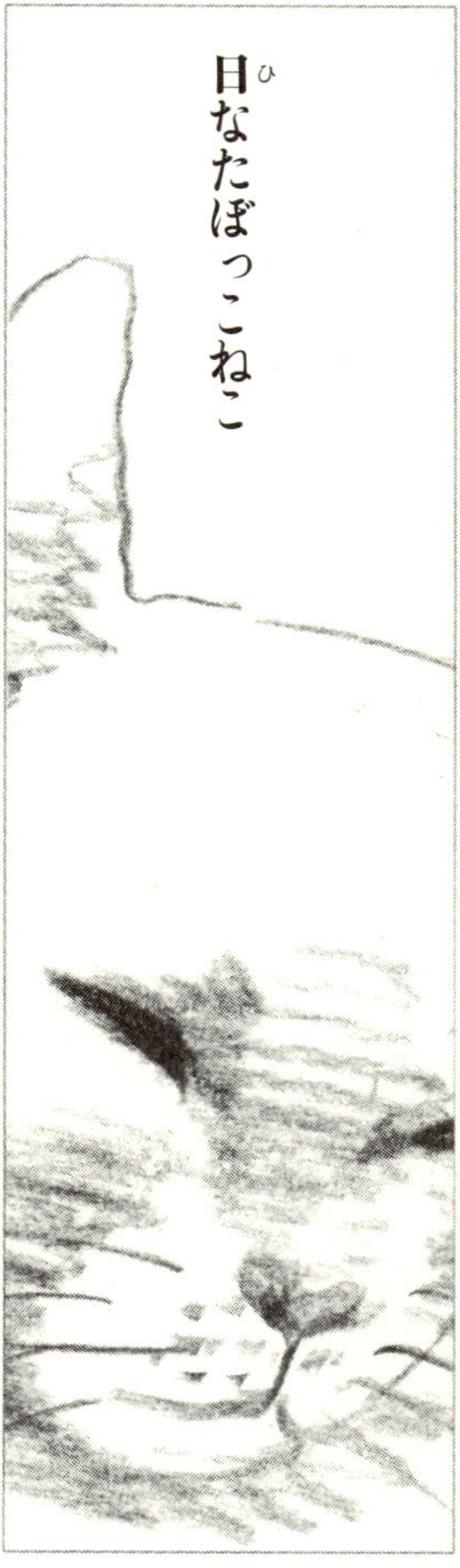

フランスはパリからすこし足をのばして、ロワール川のほとりまでいくと、古いお城《しろ》がいくつもいくつもある。
なかでもひときわ美しいシュノンソーのお城がある村は、だれでも、きょうからでもすんでみたくなるような小さな村である。そして、これは、たまたまその村でくらすことになったねこのはなし……。

a

ねこだって、たいくつすることがある。からだをもてあますときがある。じかんをもてあますことがある。

ねこのクレは、たいくつしていた。

あごがはずれそうな大あくびを、三度、四度——いや、これでもう六度もくりかえしたのに、やっぱりたいくつは、きえてくれなかった。

（どうしてなんだろな。はじめは——ううん、ずうっとこんなことなんてなかったのにな……）

たいくつでくもって、ぼんやりもやがかかったような頭のすみっこで、クレはちらとそう思った。

＊

はじめ——というのは、クレがここにつれてこられたころのことだ。
ここ——というのは、シュノンソーという小さな村のことだ。汽車の小さな駅舎《えきしゃ》が一つあって、単線《たんせん》のレールがずうっとあちらからまっすぐまっすぐにのびてきており、またまっすぐまっすぐにむこうへのびていっていて、さきっちょは、クレには見えない。クレは、目にはかなり自信があるのに、レールのさきっちょは見えないのである。だから、何度見ても、
（どこからきて、どこへいってるんだろうなあ……）
と思うしかない。

汽車は日に四度、どこかからやってきて、またどこかへいってしまう。

クレは村にいるときは、どこにねそべっていても、汽車が遠くからやってくる音を、ちゃんとききつける。そうすると、いてもたってもおられなくて、とにかくいちばん近くのレールのところまでかけだしていってしまう。いつもそうだ。そしてレールに耳をつけて、汽車のやってくる音をきくのだ。そして、汽車の姿《すがた》がはっきり見えてくると、そっとレールから遠ざかり、汽車がむこうへいってしまうと、また安心してレールに耳をつけにいく。

シュノンソーの村は、そのレールにそったかっこうで、ほっそりとのびている。

まんなかに白い道。りょうがわに小さな家がならんでいる。どれもこれもにたように、こぢんまりした大きさの家と、それにぴったしの庭がついていて、どの家の庭にも花をつけた木や草があって、そのねもとでぼんやりひるねをするのも、クレのすきなことの一つである。これはすきなことだから、けっしてたいくつなんかしない。

（つぎはどの家の、どんな木の下でちょいとねむろうかな……）

と思うことは、とっても愉《たの》しいことなので、たいくつなんかしない。

汽車のレールがまっすぐに走っているまんなかほどのところには、ふみきりがある。ふみきりをわたって、あちらへいくと、ポプラの木が何十本もすくすくそだっている原っぱがある。こちらへわたると、小さな十字路になっていて、そのまわりには店やがならんでいる。

お菓子《かし》や。パンや。手づくりのブローチなんかをならべている店。ワインをうっている小さな店。みやげものいろいろをうっている少しひろい店。小さな靴《くつ》や。薬局。あとはまた農家がゆっくりとならんでいる。村でいちばん目だつのはレストランもかねたホテルで、クリスマス・ツリーにぶらさげてある銀いろやまっ白なおもちゃみたいのから、ちょっといばったつくりのまで、とりまぜて六軒《けん》もある。

こんな小さな村なのにホテルが六軒もあるのは、レールをはさんで村とはんたいがわにあるお城《しろ》のおかげだ。原っぱから、ややひろい道をまっすぐに少しいくと、番小屋《ばんごや》があって、そのうしろはプラタナスの並木《なみき》だ。まわりにも木がしげっているから、森の中のプラタナス並木——といったところで、これがずうっとつづいている。

クレの足ではちょっとしたジョギング・コースになる。はじめてきた見物のお客は、プラタナスの高い梢《こずえ》を見上げながらごきげんで歩いていくが、それがあんまりつづくから、お城がほんとにあるかどうか、ちらとうたがってしまうくらいだ。そしてちょうどそのときくらいに、いきなり目の前がひらけて、まっ白で大きな、姿《すがた》のいいお城が見える——というしかけになっている。

このお城を見にくる人たちが、村でおひるをたべたり、ちょっとしたおみやげをかったりすることになる。むろん、ホテルにとまる人もいるが、たいていは、村をすっととおりすぎるだけか、ちょいとのぞいてみるだけのお客である。

だからシュノンソーの村はいつだってひっそりとしずかで、おっとりとしている。汽車やバスではこばれてきた見物のお客が村からでていってしまうと、あとは、とおりにもまず人かげがなくなる。

がっこうがおわると、子どもたちが三々五々《さんさんごご》かえってくる。べんきょうがおしまいになったのではしゃぎながら、笑いごえをたてて歩くのが見かけられる。村がしずかだから、子どもたちの声は遠くからでも、小鳥のさえずりみたいによく聞こえる。子どもたちときたら、カエルでもへびでもクレでも、生きたおもちゃと思っているから、見かけるとおっかけてくる。

クレにとっては、そのさえずり声は「危険信号《きけんしんごう》」の一つだ。子どもたちにつかまると、しばらくはそれこそいいおもちゃにされてしまう。

耳のいいクレは、汽車の音いじょうに、この子どもたちのさんざめく声を、いちはやく聞きつけて、草のあいだにもぐりこむことにしている……。

そいつと、たまに姿《すがた》をあらわすのら犬にさえ気をつけていれば、この村はクレにとって、どこでも「わが家」や「わが家の庭」といったかんじになっていた。

クレは、大手《おおで》をふるかわりにしっぽをたて、しっぽをゆらゆらさせながら、大いばりでこの村をわがものがおに歩きまわった。村の人はそんなクレのことを見かけると、たいていが、

――ンま、クレときたらまるで犬気どりね。

――きっと本人は犬のつもりでいるのよ。

――なにしろ村中《むらじゅう》のねこでいちばん大きな顔してるもんね……。

などと話しあう。そんな村の人のたいていがまた、クレがこの村にやってきた日のことをよくしっているのである。まるでじぶんがそのときのことをじぶんの目で見たみたいに、しっているつもりなのである。それからあとのクレの、この村でのくらしっぷりもまたたいていの村人がしっていた。しっていると思いこんでいた。クレはまるで村人の一人《ひとり》みたいに、みんなによくしられた「顔」なのである……。

そしてまたクレのほうでも、そんなじぶんの思われようのことを、ちゃんとこころえていた。だからクレは村の人といきあうたびに、

――や、これはどうも……。

とか、

――おや、これはリュスさんじゃありませんか、あいかわらずお若《わか》くてお美しくて……。

とか、

――ま、きょうの見物のお客は、がらがあんまりよろしくありませんですな。ちかよらないほうがよろしいのでは……。

などと、声をかけたいくらいのものだった。ただ、クレのほうがそう話しかけようとしているのに、あいてにはそれがわからず、

――いやあ、あいかわらずあいそのいいねこさんですな。

とか、

――なにかいいたそうな目つきひげつきをしとりますわなあ……。

などとつぶやくのがおちであった。そこがちょいと心さびしいものの、クレはべつに、そのことにあまりこだわらなかった。なんといってもこの村では、じぶんが「新参者《しんざんもの》」であることをこころえていたからである。ひいじいちゃんや、もっと前の代からこの村にくらしている村人たちとくらべて、だんぜん「新顔《しんがお》」であることをちゃんとしっているのである。

b

けれど、いったいだれがクレのことをこの村につれてきた――いや、むしろはこんできたというほうがよいか。そのことは、村の人のだれもしらなかった。

　さいしょに気がついたのは、お城《しろ》の番小屋《ばんごや》のミシェル老人だった。クレは、クリスマスのチョコレート・ケーキみたいな小さな番小屋のうらにおかれて――いや、はっきりいって、すてられていたのだった。

　やせっぽちで小さくて、まるでそだちのわるい野ねずみみたいだった。それでいて、なきごえひとつたてなかったから——ほんとは、たてられなかったから、もうすこしでそのまま遠いところへもどってしまうところだった。そろそろつぎのバスの客がやってくるぞ……と番小屋《ばんごや》からでてきたミシェル老人は、いつものように番小屋をひとまわりした。そのとき、ふと見おろしたしげみのなかに、なにやらうごくものをみとめたのだった。いや、クレの白い毛が、ミシェル老人の目のはしにちらとはいったといったほうがよいか。

老人はかがみこんで、すぐにすてねこの子をみつけた。あんまり小さくてみじめでやせていたものだから、老人は地下鉄のキップでもひろいあげるように、その子ねこをそっとひろいあげた。

—まあこのやせようときたらもう鍵《クレ》のようにぺたんこだ。

老人はそうつぶやき、子ねこは「クレ」という名にきめられてしまったのだった。

—おい、クレ。少しのあいだわしがめんどうをみてやろう。もちいとふとれ。でないと、うっかりおとしでもしたら、二度とみつからんな、このうすさじゃ……。

老人は鍵《かぎ》でも見る目でクレのことをながめてひとりごちた。そして、だいじな鍵でもひろった手つきで、クレのことをじぶんのポケットにそっとおさめてくれた。

—ムムム……。

クレは老人の手のつめたさとあつかいのあったかさのりょうほうに気づいてうれしいなきごえをあげたのだったが、とても声にまでならなかった。クレはカンガルーのあかんぼみたいに、ぽたんとポケットにおとされ、もぞもぞとうごめいていた。

老人が、まえに羽根をきずつけられて落ちてきたトビの子のせわをしたことがあったのはさいわいだった。クレは、まるでひなどりのようにこまかなところまで気づかわれながらかわれはじめることになった。

ミシェル老人は、何日ものあいだ、ひたいのしわをふかくきざんだまんまの顔でクレのめんどうをみつづけた。じっさい、この鍵《かぎ》はうっかりすると今よりうすくなってきえてしまいそうな気がした。

（それでももっと小さなカンガルーの子でもそだつんじゃ。これがねこであるいじょう、そだたぬわけはなかろう……）

老人はしっかりとそう思いこむことにした。クレのいのちの力、生きようとする気もちのつよさに賭《か》ける気もちだった。

（いつぞやのトビのやつだって、元気になりよって空へもどりよった。また大空でまあるく輪《わ》をえがいてとぶようになってくれよった。これもそうならぬわけがない。まあるくふとって、ふつうのねこの子みたいにそだたんというわけもあるまいて……）

クレは、そうしたミシェル老人の思いのふかさをうけとめたものか――きえはしなかった。どころか、老人がねがったように、すこしずつまるみをおびてきた。ぺたんこの鍵ではなくて、小さな呼《よ》び子《こ》のようになり、オカリナのようにふくらみ、もう少しふくらんで、とうとうねこの子のかたちにまで生きもどってくれたのである……。

ミシェル老人はそんなクレをそっとだきながら、

―こうなってはクレじゃかわいそうだったかな……。

と、つぶやいた。けれどいまさら名をかえると、クレがせっかくなじんだ名ではなくなる。みじかかったが、けんめいにせわをして、つながった心の糸のようなものまできれてしまいそうな気がした。

―クレ、でよいかな?

老人があらためてそうきくと、クレは、

―なーお……。

よろしいです……みたいにこたえたのである。

―そんじゃ、クレ、これからはわしについて歩いたり走ったりするがいい。ちょいとしたところへつれてってやるからな……。

老人は、なにやら自信ありげに話しかけ、クレもまたうれしそうに、

―なーお……。

と、へんじした。ぜひぜひ……といった目をしていた。

歩いたり走ったりするがいい――といったのに、老人はじぶんの自転車の前につけたかごにクレをいれて、はこんでくれた。五〇〇メートルはつづこうというプラタナス並木《なみき》の

道を走るのである。

―お前の足じゃ半日仕事じゃからな。いくら気長《きなが》なわしでもまちきれんわい。

などと、クレにはわからないことばをつぶやきながら、老人は自転車をこいだ。そして、お城《しろ》の前までつれてきてくれたのである。

老人は左のてのひらの上にクレをそっとおいて、目の前のものを、はしからはしまで、ゆるりずーいと見せてくれた。

―これがシュノンソーのお城だよ、大きくて、美しいじゃろう。よーく見ておおき。

クレはそのお城のことを一目で気にいってしまった。いろといい、かたちといい、大きさといい、ここからながめているだけでも、気もちがすっきりしてくるみたいだ……と思った。気もちがほぐれ、なごむ――といったいいかたなど、クレはしらなかったが、とにかく気にいったのでひとりでにのどがなった。老人は耳ざとくそのごろごろを聞きつけ、

―ほう、気にいったらしいな。そりゃむりもない。もの……。ま、気にいったのなら、あそこにすむがいい……。

と、まるでじぶんがお城のもちぬしみたいな口をきいた。

クレには老人のいったことがわかったらしい。子ねこにはじゅうぶんに高いてのひらから、ぽうんととびおりたのだ。そして、まっすぐにお城の正面のかいだんをのぼりはじめたのである。老人は目をほそめてクレのことをながめていたが、べつにあとをおおうとは

しなかった。すきにするがいい……という顔でクレのうしろすがたを――けんめいにかいだんをよじのぼりよじのぼりしているところをながめているだけだった。

―あのからだで、ようやるのう……。

老人は孫のいたずらでも見ているようにつぶやき、ふいと目をあげると、クレの姿《すがた》はもうどこにもなかった。

―見物の人も少ないし、だいいちあの大きさでは目につくこともあるまい……。

老人はひとりごとをいいおわると、左手のひろい花だんにむかって歩きだした。草ひきやら、おちばひろいやらといった、いつまでもおわることのなさそうな仕事がまっているところなのである。

クレは、もう老人のことなどわすれてしまったみたいに、生まれてはじめてはいったお城《しろ》のすべすべのひろい回廊《かいろう》をすべり歩いていた。白と黒の市松《いちまつ》もようのもので、クレはゆっくりと歩いているつもりなのに、ついついすべってしまうのだった。クレはそれこそ雪道をかける子犬みたいに、こけつまろびつといったかっこうで、それでも長い回廊のはしからはしまでを、ちゃんとすべり歩きぬいた……。

―にゃおおん……。

オオカミが、じぶんのなわばりをきめるときみたいにはでななきごえをあげ、クレは、だれも聞いていないのに、とくいそうに二度もさけびごえをあげていた。これでこのお城はぼくのうちだよオ……といいたかったのである……。

c

たまには目ざとい見物の客が声をあげる。
——あら、ねこじゃない？　どうしてこんなとこにいるのかしら……。
——ほんとよね。
——それも、すましてだんろの中におさまってるってとこよね。
——まるでおきものみたい。
——ほんとに生きてる？
——もちろん本物よ。ほら、目をあけた。
——ま、きれいな銀いろの目ね。
——ここにすんでるのかしら？
——だれのねこかしら？
——まだ子ねこでしょ。ここで生まれたのかしらね。
——あれじゃまだおっぱいがいるでしょ。どこかに母ねこがいるかもよ。
——あらま、あくびした。

——おちついたもんね。

——ここをじぶんちみたいにおもってるのかもね。

——おや、おきだしたわよ。

——ま、でてきたわ。

——すましちゃってもう……。

——らら、あっちのへやへいってしまったわ。

——じゃ、わたくしたちもあちらへうつりましょうか。

それがまた——

——……おや、いないじゃない。

——ほんとにねこなんていたの？

——たしかにいたんだけど、とにかく小さかったでしょ……。

——なにかと見まちがえたんじゃない？

——そりゃないわ。だってあくびしたとこ見たんだもの。おきものがあくびして？

——あくびしてるおきものだってあるじゃない。

——あら、そうかしら……。

——そうよ。きまってるでしょ、こんなお城《しろ》のもちぬしって、どんなものでもつくらせたわ。

―そうかもね。

―だったらさっきのは、空耳《そらみみ》――じゃなかった、見まちがえってとこ。

―まぼろしだったっていうの？

―まあそういうことでしょうね。

―あら、そうかしら……。

―そうよ、そんなもんなの……。


といったぐあいになることも多い。

まずたいていはクレを見のがした。なにしろお城《しろ》は大きすぎ、クレは小さすぎたのである。それに、クレがはじめてこのお城につれてこられたころはまだ、このお城の見物客といってもたいしたかずではなかった。かりにクレを見かけて、くびをかしげたお客があったとしても、シュノンソーをでて、つぎのお城――ショーモンでもシャンボールでもシュベルニーでもどこでもいいから、もう一つ見ると、きれいにわすれた。

だからシュノンソー城《じょう》のクレ、のことは、どんな話のたねにもならなかった。クレは、いないのとおなじことだったのだ。

そしてまたクレにとってみれば、じぶんのことを人がとやかくいうことなど、思ってもみたことはなかった。毎日毎日がおもしろかった。なにしろお城は、やたらとひろかった。

やたらといろんなものがあり、ひるねにかっこうのすみっこは、それこそいたるところにあったから、クレはねこはねこらしく、一日のほとんどをねる子としてすごした。おなかがすくと、しぶしぶミルクをのみにおきあがった。

　ミシェル老人の耳とかんときたら、たいしたものだった。それまでは老人が城《しろ》に入ることは日に一度くらいしかなかったが、クレをつれこんだあとは、日に二度、そっと入ってくることになった。クレのミルクを、クレが目をさましたとき、すぐにかぎあてられるところに、うまくおいておくためである。老人がクレのいばしょをみつけられないことはなかった。クレはまた、おきだすとすぐちかくにミルクのにおいがするのが、ごくあたりまえのことみたいに思っていた。老人がそう思いこませたわけだったが、クレはそれこそ、昔この城にすんでいた王や王妃《おうひ》のように、たべもののことなど気にやむことはなかったのである。

　やがておむつがとれ――いや、ミルクのころがすぎ、クレはなんでもたべられるようになった。虫からネズミまで、クレがたべておいしいと思うものは、城の中にも城の外にもどっさりといてくれた。ミシェル老人がぐあいがわるくて何日かやってきてくれなくても、クレはべつにひもじいおもいをすることはなかった。それでも老人は、クレのすきそうなものを、ちゃんともってきてくれた。そしてそのころになると、クレのためのごちそうのおきばは、厨房《ちゅうぼう》のだんろのすみっこ、ときまっていた。ルネサンスふうの、りっぱな厨房のだんろの中で、クレはゆっくりたっぷりとしょくじをたのしんだのである。老人の耳もクレの耳もおなじくらいさとかったから、このばしょをつかうことのひみつは、だれにもみつかることはなかった。

―おまえはもうこの城《しろ》の主《ぬし》じゃのう……。

ミシェル老人はクレにそういった。何度もそういった。

―この城にすみ、この城でたべ、この城でねむる。そいつをやってるのはクレ、おまえだけだものな。たいしたもんだ。

―なぁあお……。

クレはまるで召使《めしつか》いでも見るように、そんな老人のことを見やった。いまやこの城は、城の中も城の外も、クレにとってはわが家になりきっていた。どこへいこうと、何をしようと、クレのかってきままであった。のんびりした城の見まわりの目にさえつかなければ。そのことについてはクレには自信があった。そのことさえわすれていれば、クレはまさにこの城の主なのである。

クレは、そのことはわすれるようにした。

じぶんがこの城の主であると思うことにしていた。そんなたいどがまたミシェル老人をよろこばせることにも、クレは気づいていた。いまはもう召使いだが、もとはといえばこの老人がじぶんのいのちをすくってくれたこと、この城につれてきてくれたこと、ここをわが家にしてくれたこと——も、わすれていなかった。おんがえしのつもりで、クレは、老人のまえではせいぜいいばって、〝城《しろ》の主《ぬし》〟のやくをちゃんとやってのけることにしていたのである……。

—わしもねこにうまれればよかったかな。ふふ……。

ミシェル老人は、そんなことをつぶやくこともあった。そしてきまって、つづける。

—そして、だれかにここへつれてこられ、わしのような男とあえば——クレ、おまえみたいなくらしもできたわけだ……。

—なぁおうう……。

(それはちいとむりでしょう)

と、クレはないてみせる。老人にはまるでクレのいうことがわかるみたいに、そこでまたきまってこういうのだった。

—そりゃむりだ。わしがわしにあうなんてことはできるわけない。ふふ……。

こんどはさっきよりさびしげにわらって、またじっとクレのことを見つめるのだった。

—ようにあう。おまえにはこの城がようにあいよる……。

そんなあたりでまたきまって、だれかがふたりのいるへやにはいってくることになる。

老人は口をとじ、クレはふいと姿《すがた》をけし、はいってきただれかは、城の主の姿を見ることはない。老人はそっとでていき、またじぶんの番小屋《ばんごや》へもどっていくのだが、そのとちゅうのどこかで、きまってクレの姿《すがた》を見かけるのだった。

花だんのしげみのあいだやら、プラタナス並木《なみき》のかげやら、ときにはやかたのうらあたりで、きまってクレが姿をみせる。

――りちぎなやつよのう。

老人はうれしげにいう。

――いつもいつもみおくってくれてな。

クレには老人のからだのよわりぐあいが気にかかるのだ。ちかごろ老人は、足がめっきりよわくなった。じぶんが一人前になり、あしこしともにつよくなり、風のようにかけまわれるようになっただけよけいに、老人のからだのぐあいが目につくのである。見おくっているクレから見ると、老人はゆらめくようにゆれながら歩きさっていくように思えた。あのままどこか遠いところへ、とろりときえてしまうのではないか……。クレにはそんなふうに思える老人の歩きかたなのである。

*

そしてある日から、ミシェル老人はクレのところにやってこなくなった。

何日かまったあと、クレは番小屋《ばんごや》をうかがい、そこに見しらぬ男がたっているのを見かけた。番小屋のあたりにはまだミシェル老人のにおいがのこっていたが、それもあと何日かで、あたらしくきた男のにおいにかわるだろうな――と、クレは思った。

クレは風になって城《しろ》にもどり、もうくることのなくなった厨房《ちゆうぼう》をとっくりとながめなおし、人目につかないだんろうらのみちや、だれもしらないぬけあなをねっしんにしらべて歩いた。このさきはひとりで生きていかねばならぬ。ミシェル老人のような心やさしい人間とあえることは、あてにしてはならなかった。たべものは――じぶんでみつけじぶんでとればよい。夏もすずしく、冬でもさむさからじぶんをまもれるばしょもみつけた。あとは、できるだけ人に見つからぬようにくらしていくことだ。何年も何年もここでそうしてくらしてみせる。それでこそ、城の主《ぬし》だ――と、クレは思った。じぶんにいいきかせ、そう生きることに心をきめたのだった。

クレがけはいをけし、それでいて、これまでよりもゆっくりした気もちで城ぐらしをはじめたのは、それからのことである……。

d

なにやら耳もとがこうるさいので、クレはしかたなしにかた目をひらき、だんろのすきまからへやをのぞいてみた。

またしても、見物のお客であった。

このごろ、そのかずがうんとふえてきている。何人もかたまってやってきては、ぞろぞろとへやからへやをまわるのもおおく、そんなのには一人、きまってせつめいやくの人がついている。これがクレにはうるさかった。

耳なれないことばではなしているので、よけいに耳につくのである。クレはしみじみと、ミシェル老人のしゃべりかたや声がなつかしかった。池にさざなみがたつようなぐあいのことばで、こごえでつぶやくように——というのが老人のいつものはなしかただった。クレにはそれが、プラタナスのこずえをわたる風の音や、池の水蓮《すいれん》の花がつづけさまにさくときの音や、ミソサザイやツグミのおしゃべりとおなじように聞こえた。

それがまったくちがってきた。

——……右はカトリーヌ・ド・メディシスの庭、左はディアーヌ・ド・ボワチェの庭であります。かたやアンリ二世の王妃《おうひ》であり、かたや愛妾《あいしょう》、女の決闘《けっとう》というべきところ、その二人の名を庭につけて澄《す》ましておるところもまた庭師《にわし》の皮肉と申せましょうか……。

といったぐあいなのである。

クレにはそれが何のことやらとんとわからない。ただ、そこでひとくぎりあると、見物の客がそろってまず右のにわを見て、つぎにまたそろって左のにわに目をやり、きまってまた口ぐちに、

—どうみたってこれ、左のほうがひろいやね。それに、きれいや。

―王妃《おうひ》より愛妾《あいしょう》に軍配《ぐんばい》あり、というところですな。

などとまたわからぬことを口にして、そこできまってわらうのである。

するとせつめいやくがしゃしゃりでて、とくいそうな顔で、そのわけをせつめいした。

―そりゃ、むりもございませんでしょう。何せ、ディアーヌさまはアンリ二世よりも二十も年上なのに、しかも王とおないどしの妃《きさき》さまがおられるというのに、王はディアーヌさまに夢中《むちゅう》になられた。七十歳《さい》になられても三十そこそこにしか見えなかったというお方《かた》ゆえ、仕《し》方《かた》もないことながら、そこに悲劇《ひげき》がうまれましたわけで……。

クレは大あくびして、だんろうらからにげだし、ゆっくりねむれるぬけあなへきえてしまう。

クレは、その見物客たちが、日本という遠くの島国からやってきたことなどしらないし、どうでもよかった。どうでもよくないのは、そのせつめいやくがやたらとしゃべることなのである。見たけりゃだまって見ておればよいのに――気にいりゃいつまでも見ていりゃいいのに、そして、気にいらなきゃ、さっさととばしてつぎへいけばよいのに――お城《しろ》見物なんてそんなものなのに……と、クレは思っている。

もうすっかりじぶんのすみかとしてなじんでいるこのお城が、いつのまにこんなぐあいにこうるさいところになってしまったのか。こんなふうになるとは思ってもみなかった。

クレときたら、夏のよなかには、お城をうかぶかっこうにしているシェール川に、そっとからだをうかべることがあった。ねこだって、あんまりむしあつくねぐるしい夜には、ついそんなこともしたくなるのだ。

　さいしょは、あまりのむしあつさに、ついちょっとという気もちでかた足をつけ、りょう足をいれて、すこしずつからだを水にしずめていった。そして、あおむけになってみると、なんのことはない。からだがぽかりと水にうくではないか。

　そのようにして、お城《しろ》のやねごしに見あげる月——も、いいながめだった。

　クレはよなかの水あびが気にいってしまい、それからときどき舟《ふね》になりにくる。

　まよなかのシュノンソー城《じょう》ときたら、それこそシーンという音があたりいちめんにながれている。星あかりでようやくあたりがつけられる城のあちこちを、へいきでいききするのはクレくらいで、なみのねこや犬がまよいこんできても、なにかにけおされて、すぐにしっぽをまいてにげだすにきまっていた。

　それに、いつのころからかクレも気がついたのだが、この城のあちこちのへやには、まよなかをすぎるとなにやらゆらめいたりうごめいたりするものがあって、それがときどきろうのように、はんぶんは目に見えるかたちをとることがある。クレはそれがゆうれいであることをしらないから、ぼんやり見ているだけだが、ねこにでも見られると気はずかしいのか、そのあやふやなかげのようなものは、ふっときえてしまう。

　なかには気のつよいゆうれいもいるとみえて、それはろうにんぎょうのようなかたちにまでかたまり、ぼんやり見ているクレの鼻のさきまでただよってきた。

クレにはこわいというかんじがないから、それでもへいきでそいつをながめていた。そいつは、手のようなものをふわふわとのばしてきてクレをさわろうとした。それがクレのひげをくすぐることになってしまったもので、クレは大きなくしゃみをしてしまった。そいつは、しゅわんととびちりきえてしまい、クレは、きゅうにいなくなったろうにんぎょうのかたちをさがして、しばらくきょときょととやみの中を見まわしてしまった。

城《しろ》の見まわりもあんないやく（そんなのが、いつのまにやらできていた）も、どうやらそうしたままよなかのお客さまのことはしっているらしくて、夕がた城の門をしめると、じぶんたちもでていって、けっしてもどってはこなかった。むろん、とまりやくのものはいたが、それもじぶんのへやからけっしてでたりなんかしなかった。

だから、よるになってからこそがクレにとっては気のおけない、ゆっくりしたじぶんのお城になる。ひるまは姿《すがた》をみせぬようにつとめ、よるになると、わがもの顔《がお》にうごきまわる――ようになった。よるのわが家というわけだ。

ひるまにクレが姿をみせるのは、冬の日ざしのあたたかいときに、めったと人が見上げることのない、お城のうらのやねで日なたぼっこをするときくらいだった。

やねはどれも、かなりいじょうにきゅうだったが、クレはそこでもうまく日なたぼっこをすることができるようになっていたのである……。

夏のよなかの舟《ふね》になってうかぶのも気もちよかったが、冬の日だまりで日なたぼっこになるのもうっとりするくらい気もちのいいものだった。

ゆきのふるのを見上げていると、いつのまにやらじぶんのからだごとゆっくりとまいあがっていく気がすることを、クレもしっていたが、日なたぼっこしながらついうとうとしていると、ゆめとうつつのあいだでうかんでいるような気もちになった。そんなとき、ゆめのなみのまにまに、あのミシェル老人がゆっくりと姿《すがた》を見せてくれることもあった。

―や、クレじゃないか。こりゃまたいいことしてるじゃないかい。

老人はちょっとうらやましそうな口ぶりでいってくれる。

―なぁあお……。にゃおーうん……。

（ここへきて、ぼくみたいにこうされたらどう？）

クレがさそうのに、老人はもうすっかり耳が遠くなったようで、まるで聞いていない。

―そんなきゅうなやねにねていて、よくおちないねェ。

老人は昔から、クレのすることにはなんでもかんしんしてくれた。おかげでクレは、なににつけてもその気にさせられ、やってみることになった。やってできればできるで、また老人がかんしんしてくれるものだから、つぎにいくことができるのである……。

―なあーお。にゃあーお。にァおにーいおん……。

（そんなことよか、あなただってどうしてそんなところにうかんでられるんです？　ぼく

だってやってみたい）

クレはそううらやましそうにいうのだが、これも老人の耳にははいらないらしい。老人はちゅうにこしをおろし、日なたぼっこしてるクレにはなしつづける。

—いやもう、わしらがここであそんだのはずいぶんとまえのことになっちまったな。

—にゃあ。

—おぼえとるかね。おまえさんはまるでオカリナくらいの大きさしかなかったんじゃが……。いまはもうずいぶんと大きくそだってくれて、こりゃあ、犬でも顔まけじゃな。ふっふ……。

しばらくぶりで老人のなつかしいわらい声を聞いて、クレはうれしくてからだじゅうがタンポポのわた毛みたいにふっくらする気もちになった。

クレは、ときや日をかぞえることはしないから、老人とあってからいったいどれくらいのときがすぎたことやらはわからない。舟《ふね》になった夏がいくつあって、やねのうらで日なたぼっこしてすごした冬がなんどあったかもわからなかった。それで、あいまいに、

—ぬあーお……。

とだけこたえることにした。

—ここはあいかわらずしずかでおっとりしておるじゃないか。けっこうけっこう……。

ミシェル老人のことばだが、それはいただけなかった。

―にゃ。

ちがうよ――と、クレはいった。ひるまはもうすっかりこうるさくなって、とてものことにわが家といったかんじはなくなってきている。あのそうぞうしくてじたばたしたれんちゅうのことをしったら老人はどんな顔をすることか。ま、いいか……と、クレは思いなおした。それにしてもミシェル老人は、いまごろまたどうしてここに姿《すがた》をあらわしたりするんだろ？

そんな目になったクレに気づいてか、老人のほうからそのわけをはなしてくれた。

―あちらもとんとたいくつすることがあってな。

（たいくつ？）

―からだをもてあますちゅうのかな、ときをもてあますちゅうのかな。ま、のんびりしすぎとるのだね。そしたらひょっこり、ここのことを思いだしてしまった。ここも、おまえがくるまえは、たいくつだったことがおおくてな……。

（なるほど、たいくつってそういうことなのか）

クレは、たいくつということばのわけがすこしわかった気がした。でもあんまりたいくつしたくない気もしていた。

―たまにゃこうしてここにきてもよいかね。

老人はえんりょがちな声でそうきいた。

――にィ。

むろんですよ……とこたえたが、その声はあいかわらず老人の耳にははいらなかった。けれど老人は、クレのひげのたれぐあいでへんじがわかったようだった。

――ありがとよ。そいじゃまたな。

声が冬の日ざしの中にとけるのといっしょに、老人の姿《すがた》もうつつとゆめのあいまにきえてしまった。

クレはゆっくりとりょううでをのばし（ついでにりょうあしものばしたかったが、そうするとやねからすべりおちることはしっていた）、小さくあくびした。ほんとにあれはいつのことだったか。クレは、じぶんがここにつれられてきたときのことを思いだそうとした。けれど、日だまりのほどよいあたたまりぐあいが、思い出のしんをぼやかしてくれた。

（ま、いいか……）

クレはまた小さくあくびした。

そのとき、いやにげんきのよい声が下から風にのってのぼってきた。

――……そうらそらそら、見えてまいりましたでしょう、これがシュノンソー城《じょう》、ロワールーの美しさをもつ貴婦人《きふじん》の城《しろ》でございますよ。この国の詩人ランボーさんも歌いましたように、正《まさ》にこれこそ〝ときが流れる、お城が見える〟といったところで……。

（いや、これはまたうるさい男だな）

クレは声のするほうに歩きでて、バスからおりたらしい一団の見物のお客が、いましがたプラタナス並木《なみき》のはずれにあるスフィンクスの門のところからはいってくるのを見おろした。

—おーらら。あれは、まさか、ねこではありますまい……に……。

あんない男が、かなきり声をあげた。

（なんて目のはやい、それに遠目《とおめ》のきく男なんだ）

クレはあきれながらも、やっぱりかんしんしてしまった。この城《しろ》の大やねを、よほど見なれていないと、そこにひょいと顔をだしたクレのことを見つけ、一目でねこと見わけられるはずがない。よほどヴェテランのあんない男にちがいなかった。クレはすばやくうらのやねにかくれた。

そのとき、あんない男がひきつれた見物の客たちのあげるわらい声がどっと聞こえた。まさかこんなお城のやねにねこのいるわけがない……と、みんながみんな、ほんとにしなかったのだ。

あんない男はむっとした。

（そりゃま、五〇メートルはなれた岩山にたつニホンカモシカをみつけられるこのおれでなくちゃむりなこったが、なにもわらわなくてもよいだろに……）

あんない男はくやしそうにもういちど、ねこを見たやねに目をやりながらだまりこんだ。

そんな男のかたをかるくたたいた人がいて、男がふりむくと、なんとシスターさまだった。

—わたしはわらいませんでしたわ。

シスターさまは、まがおでいい、

—あれはたしかにねこでした。それも見おぼえがあります……。

と、まったく思いもしなかったことをいいだしたのである。

e

みんなしてぞろぞろと城《しろ》のまえに歩くなかで、シスターさまが、もうお城見物などそっちのけでねっしんにいいだしたのは——なんと、さっきのはわたしのねこだ——というのである。

—なんですって？

ものにおどろかないあんない男も、さすがに思わず声がたかくなった。

—それがどうしてあんなところに？

—ねこですもの。

シスターさまはおちつきはらっておっしゃった。

—は？

――どこにでものぼれましょう?

――は、それはまあそうでしょうが……。

――わたしたち、あれをつれてまいったのです。

シスターさまはうしろにいるおなかまふたりをふりかえっておっしゃった。

――なにしろ修道院《しゅうどういん》で十年もいっしょにくらしてまいりましたもの。

――は、いや、それはそうでしょうが……。

――はじめてのフランスのたびにつれてまいるのはあたりまえでございましょう?

――あ、はい。

――それが、さきほどバスをおりるときに、いなくなりました。

――……。

――どこへいったのかしらとはなしておりましたら、あのはやわざでございましょう……。

ふふふ……。

シスターさまはうれしげにわらわれた。

――さすがにクレだけのことはございます。

――クレだけ、ともうしますと?

――あれの名をクレともうすのです。

――クレって、ああ、フランス語でなまえをおつけになったので?

—もちろん、わたしどもは本部をフランスにおくヌーベル会のものですから……。

—あ、はい……。それでもまたどうしてクレなので？　クレって鍵《かぎ》ってことでしたよね。

—はい。だってあれは子ねこのとき、そう、修道院《しゅうどういん》にきてまもないころのことでございました。鍵をのみこんだのでございます。

—あ？　かぎを……ねえ……。

—鍵をしまっておく小箱の小鍵でございましたが、わかいシスターのひとりが、ミルクをあつかいました手で鍵をあつかいましたらしく、においにひかれてそれ……。

—つるりと？

—はい、つい、つるりとでございましょう、ほほほ……。

—それで、それまでいろいろともめておりました子ねこの名が、きまりでございました。

—あ、はい。

—まちがいございません。あのまる顔、ひげのはりぐあい、目の色。

—いや、それはそのう、おことばをかえすようですが、いくらなんでもそこまではお見えになりませんでございましょう……。

—いいえ。ちゃんとわかりましたのです。

シスターさまは、さっきまでのやさしいいいかたがべつの人だったかのように、目をきらりと光らせられたように、男には見えた。神さまでも——あんなに遠くにおいでの神さまでも――あなたがたには見えることもない神さまでも見ることのできるわたしの目なんですよ……。シスターさまの目の光がそうささやいていた。

――はい、あいわかりましてございます。

あんない男はすっかり小さくなってこたえるしかなかった。シスターさまはうしろのわかいシスターに目であいずなさった。わかいシスターさまは、しつれいいたします……と、あんない男にはんぶん、ほかの見物の客にはんぶんあいさつなさると、ついとかけだしていかれた。どうやら城《しろ》を大まわりして、さっきのねこがかくれたうらのやねの見えるところまでいかれるらしかった。

――どうなさるおつもりで？

あんない男がシスターさまにきいた。

――もちろん、よびもどします。おいたもそこまでです。あんなにながいこと、ひこうきやバスにゆられてまいったもので、たいくつしたんでしょ。はねをのばしにまいったのです。

――たいくつねえ……。

（ねこにはねがございましたかしら）

といいたかったのをけんめいにおさえて、あんない男はつぶやいた。

――ま、あれだけげんきなれば、このあともずうっとながいきしてくれましょう……。

シスターさまはうしろのシスターさまと顔を見あわせてうれしげにおっしゃった。

ふたりのおしゃべりのおわるころ、一同は城《しろ》の正面についていた。あんない男が、これからの見物コースやらについてひとことはなそうと口をひらいたとき、城のうらからかんだかい声が花火のようにあがるのがこちらまで聞こえた。

—クレエエエ、おりてらっしゃあああい……。

みんなはなにごとかわからずに、ただただおたがい顔を見あわせるばかりだった。あんない男は口をはんびらきにしたまま、つぎの声に聞き耳をたてた。

—……クレェエェエったら、よーくみえてますよォォ。かくれたってむだですよォォ……。

わかいシスターさまのはりあげるソプラノが、お城のうしろからまたまいあがった。

—なんのこと？　あの声……。

—ねこをおよびなんで……。

見物のひとりがたまりかねてあんない男にきいた。

—ねこって？

—だからさっき、わたくし、ねこがってもうしましたでしょう？

—ほんとにいたの？

—はい。ね、シスターさま。

あんない男はシスターさまにたすけ舟《ぶね》をもとめた。

——そのとおりなのですよ。

シスターさまがうけあってくださったので、あんない男はすっかり気をよくした。

——みなさまおわらいでしたが、このわたくし、ことロワールの城《しろ》という城にかけては、ごみひとつよぶんについておりましてもわかりますんで……。

あんない男はすこしばかりおおげさにたんかをきった。

——まちがいなし。あれはねこでした。

——まちがいなし、あれはうちのクレです。

シスターさまが大きくうなずかれた。


クレは、たまげてしまった。

いったいどうしてじぶんの名をしっている人間が、それも日本人がいるというのか。

シスターさまなら、きているものでよくしっていた。けれどことばがちがっている。あのことばも、いまではすこしはわかるようになっているけど、このところやたらとこの城の見物にやってくる日本人のものだ。

シスターさまのかっこうの女の人が、日本人のことばでじぶんによびかけ、しかも、ちゃんと名までしっていることに、クレはたまげてしまい、ついつい足をすべらせてしまった。

—あれェェェ……クレェェェ……。

下のシスターさまは、ひめいをあげた。それでもクレがすべりおちてくるあたりにけんとうをつけてかけだしていた。わかいからこそできることである。クレはすべりおちていきながら、下のシスターさまがはしりよるのをちらとみとめた。

ねこがいくらからだがかるいの、かなりのところからおっこちてもぶじだのといっても、これはもうかなりいじょうのたかさだった。クレがといのところにしがみつき、やねからすべりおちたいきおいにブレーキをかけてから、もんどりうっておっこちるところを、シスターさまは、ちゃんと見ていてくださった。それからシスターさまは、すばやくあたりを見まわし、だれも見ていないのをたしかめると、じぶんのふくのスカートのあたりをふうわりとひろげ、大ぶろしきがわりにして、クレをうけとめてくださったのである。それでもクレは、はずみでもう一度はねあがり、こんどはじぶんでちゃんと草の上におちることができた。

—神に祝福を！

シスターさまははや口でおれいをいい、すばやくクレをだきあげた。

—せっかくここまでいっしょにきたんでしょ。お城《しろ》もちゃんと見なくちゃあ……。

シスターさまは子どもにいいきかせるようにクレにいった。

―にああ。

わけがわからないまま、クレはまずおれいのつもりのへんじだけした。みしらぬ人間にだかれたからといってあばれたりはしなかった。

シスターさまは、クレのからだのごみをはらってくれると、そっと草の上におろしてくれた。

―さ、いっしょにおもてにまわるのよ。ついてらっしゃい。

まるで犬あつかいじゃないか――と思いながらも、クレは、あいてがじぶんのことをしんじてくれたことに気をよくして、ついていってあげることにした。

―だいてってもいいんだけど、クレちゃんったらおもいんだもん……。

シスターさまがこっそりつぶやいたが、クレにはわからなかった。

城《しろ》をまわって、ふたりが姿《すがた》をあらわすと、城の正面にかたまってふたりをまっていた日本人の見物客は、そろってはくしゅした。

クレはまた、あっけにとられてたちどまってしまった。いったい、だれにたいして、なんのためのはくしゅであるのか。けれど、みんながじぶんのほう――じぶんと、よこにたってにっこりほほえんでいるシスターさまのほうを見てはくしゅしていることにまちがいはなかった。シスターさまは、バレリーナみたいにきどっておじぎした。そして、しずしずと、みんなの中にもどっていった。クレもそのあとについていくしかなかった。

—クレは、とびおりたのですか。

シスターさまがたずねられ、わかいシスターさまは、

—はい、ちゃんと。

としかこたえなかった。シスターさまの声におどろいてクレがすべりおちたことなんかひとこともいわなかった。クレはそのことで、そのシスターさまのことがちょっと気にいった。

—さすがはクレだけのことはあるわね。

シスターさまがほほえみながらいわれ、クレは思わず、にゃおん……とないてしまった。

そりゃクレだもんな……といいたかったのである。

というわけで、日本人の見物客たち・プラス・クレは、ひとかたまりになってシュノンソー城《じょう》を見てまわることになった。あんない男はいそいそとあんないし、せつめいした。

みんなはクレのことでこの男のことをすっかり見なおしていたから、よくきき、ふかくうなずいたりしていたが、日本語のよくわからないクレにとっては、とてもたいくつなじかんになった。クレはときどきよこをむいては小さくあくびしたり、あくびをかみころしたりした。わかいシスターさまはそんなクレのことを目ざとく見ては、こちらはわらいをかみころすのになんぎされていた。シスターさまも、ちゃんとしっているフランスのお城や歴史についてのながながしいせつめいにすっかりたいくつなさっておられたのだった。

たいくつすることについて気のあったわかいシスターさまとクレは、なるべくほかの人たちからおくれてはなれるようにして、いちばんうしろでそろってあくびをかみころしていた。

そんなシスターさまのことが気にいって、クレはお城《しろ》見物をおしまいまでちゃんとつきあうことにした。どういうわけでじぶんの名をしったものかはわからなかったが、とにかくさっきはいのちびろいさせてもらったようなものだった。

見物がおわると、ごくあたりまえのことのようにシスターさまたちはクレをつれてそとへでた。みんなといっしょにバスのところにもどった。そこはあのなつかしい番小屋《ばんごや》のまえだったから、クレはちゃんとつきあったのだ。ところがみんなは、あんないい男のいうがままに、そこをとおりこして、汽車のレールのところへむかうではないか。シスターさまたちもいそいそとついていきなさる。クレはひとり、番小屋のまえにとどまることにした。シスターさまたちがいそいそなさったのもむりはなくて、みんなは村のレストラン・ホテルでおひるごはんをとることになっていたのだ。それでもわかいシスターさまが、クレのことに気づき、かけもどってくると、またあのソプラノがひびきわたった。

—クレェエエエ、はやくいらっしゃぁあいい……。

日本人らしく、みんながたちどまってふりむいた。クレはしかたなく番小屋から歩《あゆ》みでるしかなかった。

＊

もしもことばをしっていたら、その日のひるのしょくじのことを、クレは「盆《ぼん》と正月がいっしょにきたような」といったにちがいない。

田舎《いなか》ふうだがフォアグラがあり、ソーセージに、きじのにくのやいたのがあった。シスターさまは、じぶんのぶんをおしげもなくクレにはんぶんわけしてくださったのである。

——おいしいからおたべ。

そのいいかたもクレの気にいった。ミシェル老人もうまいものをくれたが、とてもここまでのものではなかった。それどころか、シスターさまは、神さまの血だけれど、いっぱいくらいいいでしょ……とかなんとかつぶやきながら、ワインもごちそうしてくださったのだ。

これがきいたのだった。

けれど、それもはじめてのことだったので、クレにはそれがきいたこともわからなかった。それで——思いもかけない旅のつづきにつきあうことに——いやいや、クレにとっては、旅にでることになってしまったのだった。

f

クレが目をさましたとき、じぶんがいったいどこにいるのかわからなかった。

―あらま、やっとお目ざめ？　ずいぶんぐっすりおやすみでしたこと……。

わかいシスターさまがそういってくれたので、クレはじぶんがあれからずうっとねむっていたのだとわかった。あのあかいのみもののせいらしい。ぼんやりした目で見まわすと、なんだかせまいところにぎっしりいすがならんでいて、そこにまたぎっちりと人がすわっていた。りょうがわは小まどだとわかったが、それにしてもいやにせまいへやだった。

―クレったら、あのあとバスのなかでもずうっとねむっていて、ホテルでもずうっとねむっていて、ひこうじょうまでの車でもそうだった。ほんとによくねるねこちゃんだこと……。でも、だからこんなにそだったのよね。

（ひこうじょう？）

聞いたことのないことばだった。それよりも、このへやからでて、もっとひろびろとした――そう、あのシュノンソー城《じょう》のフランソワ一世のひろま、あたりでゆっくりとやすみたかった。クレは、あっさりといすからとびおり、いすといすのあいだのせまいすきまをとおってまどのところへかけよった。へやのそとがどんなぐあいか見たかったのだ。

まどぎわにすわっている男の人のひざにのるしかなかったが、その人は、にこにこして、

―やあ、ねこでもやっぱりそとを見たいものかなあ。

といって、クレをだきあげると、まどへ顔をくっつけてくれた。

まっさおなものがひろがっている。そして下を見ると、なんとあれはたしかに雲だった。

クレにはいま見ているものがいったいどうなっているのかわからなかった。あれが雲だとすれば、青いところは空だ。空や雲がいったいどうして目の下にあるのか……。思わずクレは右手で目をこすってしまった。

男の人はまたおかしそうにわらった。

―とまどってるな。むりもない。ねこが空をとぶなんてことは、そんなにないものな。なぁ、クレさんや、あれは雲、そして空だよ。ぼくらは空をとんでるんだ……。

(空をとんでる?)

クレは、やねで日なたぼっこしながら見た、トンビやワシの姿《すがた》を思いおこした。

(とぶって?　それじゃ、ぼくはあんなふうにとんでるの?)

わかいシスターさまがやってきて男の人にひとことふたことわびて、クレをだきかかえると、もとのところにもどった。

―クレったら、いいきでなれてたはずなのに。うろうろしないのよ。

クレは気もちをしゃんとした。こうなればもうおちついてどこまででもいってやるぞ

……。

どこまでも――とまでいくことはなかった。クレがもうふたねむりかみねむりしたあと、なんだかからだがかたむいて、思わずシスターさまにしがみつくようなはしたないことをしてしまったあと、ゆれがとまると――「日本」についたのだった。

g

とはいうものの、クレがそのままつれていかれたところは、修道院《しゅうどういん》だった。シスターさまがどっさりおられて、じきにクレには、みんなの見わけがつかなくなってしまった。すぐそばにこられると、あのときのシスターさまだとか、わかいシスターさまだとわかるのだが、すこしはなれてしまうと、だれもがおなじに見えた。

おなじに見えるというと、修道院というところもどこやらあのお城《しろ》ににている気がした。

ミシェル老人にそういったら、きっと、

―そのとおりじゃ、クレ。ここは、ま、寸《すん》づまりのお城みたいなつくりだからなあ……。

などといってくれたかもしれない。

だからクレは、べつにいごこちがわるかったわけではない。シスターさまたちは、シュノンソーのレストラン・ホテルでのように、じぶんたちとおなじたべものをクレにもくださった。クレはみんなとおなじものをたべ、おなじところにねむり、おなじところでくらしていた。ねずみもどっさりいたし――たぶんそのためにシスターさまはクレのことをだいじにしてくれているのだが、クレにはそこまでわからない。あちらのにくらべて、すこしばかりあじのほうはあっさりしているというか、あぶらっこさがたりなかったが、それでもさっぱりしていてわるくはなかった。ねずみをやったあとは、さすがにシスターさまのくれたものはのこしてしまったが、シスターさまたちはけっしてむりじいなどなさらなかった。

シスターさまたちはあんまりおしゃべりではなかった。だいじなことしか口になさらなかった。それがまたかえってよくて、クレは日本のことばをきちんとおぼえることができた。ことばがわかるとシスターさまたちのはなしていることがこれまでとちがってよくわかり、ここのそとにももうすこしおもしろいところもあることも、うすうすわかってきた。もしかしたら、修道院《しゅうどういん》をでると、あの番小屋《ばんごや》みたいなところや、ひろっぱみたいなところもあって、汽車のレールもしかれていて、レストラン・ホテルもあるのかもしれない。そしてまたそのむこうには、あのシュノンソーみたいなお城《しろ》もあるにちがいない。それならば、ここもあそこもおなじようなものではないか……。でもそれなら、べつにここをでることもないではないか。せまいのさえがまんすればいいのだ……。

*

そんなある日、あのわかいシスターさまがクレをそとへつれだしてくださった。車にのせて（このシスターさまは、クレをうけとめたときのことでわかるように、うんどうしんけいがよろしくて、この修道院《しゅうどういん》で車のうんてんのできるただひとりなのである……）、まち、というところへつれていってくださったのだ。

クレはすっかりおどろいてしまった。

なんというにおい。なんというやかましさ。なんという人のおおさ、車のおおさ。いえのつまりぐあいも、まるで空をせまくするくらいにたちならんでいるし――クレはすこしずついきぐるしくなり、すっかりつかれはてて、ぐんなりして修道院にもどってきた。

―おかしいわねクレ、まえはあんなにまちもすきだったのに……。

シスターさまはかわいくくびをかしげ、ぐったりしたクレをそっとだいてへやにつれていってくれた。

クレのためにおいしゃがよばれた。シスターさまたちはクレのことをちゃんとなかまあつかいにしてくださったのだ。おいしゃはていねいにあちこちみてくれてから、おしまいに、

―おやあ。

と、大声をあげた。

—こりゃちがう。ちがっとりますぞ。
と、いうのである。
—なにがでございましょう?
としとったシスターさまがおろおろなさった。
—シスターさまにはちいともうしあげにくいが、これはそのう——男ねこです。
—は?　ともうしますと?
—こちらのクレちゃんは、女ねこでした。
—と、もうしますと?
—ねこがちがうのですな。
—女ねこが男ねこになった、とおっしゃるのですか。
—さよう。
—そのようなことが、まことにございましょうか。
—いや、それはございますまい。
—ともうしますと?
—いや、まったくふしぎですな。こんなのを神の奇蹟《きせき》とでももうすのでしょうか。
おいしゃにもせつめいがつかないらしかったらしく神さまをひっぱりだした。
—なーお。

クレがなき声をあげた。としとったシスターさまが耳をすまし、

—もいちどないておくれ、クレちゃんや。

とたのんだ。

—なーお。

クレはシスターさまのおっしゃることをきいてさしあげた。

—……なるほど、おっしゃるとおり、声がちがいます。これはねこちがいです。それにしても、クレちゃんといったらへんじいたしましたよね？

—ふうむ……。

おいしゃは目をつむってちょっとのまかんがえていたが、ははあ、わかったぞ……とうれしそうにいった。

—おなじ名ってことはありましょう？

—でも、クレなんてフランス名前のねこはめずらしゅうございましょう？

—それが、ここのクレちゃんはフランスにつれてゆかれた。あちらじゃ、クレなんて名のねこは、いくらもおりましょう？

—そうおっしゃればそれもそうかもしれませんが……。

としとったシスターさまは、フランスにいったシスターさまをよびにやらせ、そのシスターさまがやってくると、このクレちゃんのフランスでのことをくわしくききはじめた。

そして、あのシュノンソー城《じょう》見物のところまできて、バスでのできごとと、お城《しろ》のやねでのできごとまできくと、

―ちょっとまって。もいちどゆっくりくりくりかえしてくださらない……。

と、女たんていみたいなことをいいだされた。

シスターさまがくりかえされると、ふうむ……と目をつむり、そこのところを聞きおわると、

―……なるほど。かもね。かもね……。

と、おっしゃった。

―かもね、ともうされますと？

こんどはフランスいきのシスターさまが、「ともうされますと」――になった。

―そこにきれいめがありましょう？

―と、もうされますと？

―バスでクレちゃんがいなくなったときと、このクレちゃんをやねで見つけたときのあいだに……ですよ。

―ともうされますと？

―いれかわりってことがありましょう？

―いれかわり？

—フランスのクレちゃん、つまりこのクレちゃんですが、それと、うちのクレちゃんと……。

—あ。

シスターさまが口をおさえられた。

—同姓同名《どうせいどうめい》ということでございましょうか?

—ま、そこまでおおげさなわけではなくて、ただのクレちゃんちがいでしょうけど——いちばんのちがいはそのう……。

おとしのシスターさまらしくいいしぶられたのを、おいしゃがひきとった。

—こちらのは女ねこで、これは男ねこってことです。

—ま。

シスターさまはまた口をおさえられた。シスターさまなればこそ、そこのところには気づかれなかったのである。むりもなかった……。

やっとこさ修道院《しゅうどういん》ぐらしになれはじめ、日本のことばもかなりよくわかるようになっていたのに、クレにとってはめんどうなことがまたおこることになった。シスターさまたちが〝せきにん〟をかんじ、なんとかしてクレのことをまたあちらにもどしたいと思われているらしいのだ。クレが、「らしいのだ」くらいまでしかわからなかったのは、シスターさまたちがあんまりおしゃべりなさらないせいである。けれどシスターさまたちは、しんけんに思われていたのだった。なにしろ「神のものは神に――」とおかんがえのかたたちなのである。フランスのものはフランスに――フランスのねこはフランスに――と思われるのも、ごくあたりまえのことだった。

祈《いの》ラバイツカキキトドケラレン……というのはどうやらほんとらしかった。クレをフランスにかえすてだてがみつかったのである。ほかでもない。クレちがいを見やぶった(?)あのおいしゃがフランスへいくことになって、シスターさまがおねだりされたというわけだった。

――主《しゅ》よ、われらのクレをもどしたまえ……。

クレのしゅっぱつのまえのばん、シスターさまたちは夕べのいのりで、クレの旅のぶじをいのったあと、そろってそういのられたのだった。

h

くりかえすということはたいくつなものだ――ということをみつけた旅だった――と、クレは思った。クレはマジックみたいにあっさりと、フランスにもどされた。おいしゃはシスターさまにいわれたとおり、あのあんない男ののったバスでパリをでて、シュノンソーにむかった。

—おや、どこかでお目にかかったかただが、こりゃみょうだ。

あんない男は、クレを見るなり、大声でそういった。

—ついおととい、おまえをあそこで見かけたのに、パリにおいでとはね。

—いや、これは日本からつれてきたもので……。

おいしゃがいうと、

—おや。だとすれば、これはまたきみょうきてれつ、まかふしぎ……。

あんない男は、クレのわからないむずかしい日本語をつかった。

—けれど、どんなてじなにもたねはある。たねもしかけもないてじななんてあるわけがないもの……。

あんない男は、えらくさめた口をきいた。

—ま、おっしゃるとおり、あの村までおつれしますれば、たねがわかるかもしれませんで……。

バスは、みどりいろのえのぐとちゃいろのえのぐだけでかいた絵のようなところを三時間ばかり走ってあの村についた。

番小屋《ばんごや》。プラタナス並木《なみき》。スフィンクスの門。そしてそのむこうの白いやさしい姿《すがた》のお城《しろ》。おいしゃがだきかかえておろしてくれた。

—ごめんよ、クレ。どうやらおまえさんのすまいはここだったらしい。さ、おかえり……。

クレは、なつかしさはんぶんと、とまどいはんぶんといった顔でゆっくり歩いてお城《しろ》の正面にむかい、それからすこしずつなつかしさのほうがかってきて、いきなりかけだして城のうらにきえていった。

—やっぱりなあ……。

おいしゃがいい、

—やっぱりなあ……。

と、べつのいみをこめてあんない男がつぶやいた。

—やっぱり、やっぱりでした。

とおいしゃがくりかえし、

—やっぱりったって、もすこしまたなきゃわかりませんが……。

と、あんない男が、城の大屋根のあちこちに目をやりながらいった。

それからあんない男は、みなさんをあんないするしごとにかかり、そいつをすませると、城をふりむきふりむきしながら、あのレストラン・ホテルにみなさんをあんないしていった。おきまりのコースなのである。

—いや、こうもうしちゃなんだが、こんな田舎《いなか》にしては、ここのランチはおいしいものですな。

おいしゃはおせじではなくて、あんない男にそういった。

―それに、ここのウェイトレスさんたちもかわいいでしょ？

あんない男もおせじでなくそういった。あんない男がおせじではまったくなく気にいってる娘《むすめ》さんがひとり、ウェイトレスとしてはたらいているなかにいたものだから……。

お目あてのその娘さんがワインをもってくると、あんない男はチップをはずみ、なにかひとこと気のきいたことをいおうとした。その口をあんぐりあけさせてくれたのは――娘さんのうしろから犬みたいについてきた大きなねこだった。

―クレじゃないか。どうしてまたここへ。わたしらよりここになじんでるみたいにみえるけど……。なあるほど、そうか。そういうことだったのか。

あんない男は、おいしゃに耳うちした。

―これがおたくのクレちゃんですよ。

―おたくのって？

―シスターさまたちのってことですよ。

―だってこれ、さっきつれてきたクレちゃんがこちらへきていたわけでしょ？

―いくらねこでも（ほんとはばけねこでも――といいたかったのをおさえていた）、そんなはやわざはむりでしょ。

―そういうことですか。ならば――。

おいしゃはクレちゃんにむきなおった。

―クレちゃん、わしのことはおぼえてるだろな。かぜのときになおしてあげただろうが。

―にゃおう……。

クレちゃんはいい声でへんじした。やっぱりおぼえていてくれたと、おいしゃはすっかりうれしくなった。どうぶつにおぼえてられるとどうしてこんなにうれしいものか……とも思いながら。

―おかげさまで。これでめでたしめでたしってことです。

おいしゃはあんない男に、れいをいった。

―いばしょさえわかればあんしん。わたしはよていどおりみなみのほうをまわって、かえりにもいちどここへまいります。そしてクレちゃんのことをつれてかえりましょう。な、クレちゃん、まってておくれ。

―なーお。

いいでしょ……と、クレちゃんはこたえたみたいだった。おいしゃもチップをはずみ、あんない男をつうやくがわりに、ことのいきさつをレストラン・ホテルのあるじにはなし、クレちゃんをもうすこしのあいだあずかってくれるようにたのんだ。

あんない男はあんがいりちぎなたちとみえて、番小屋《ばんごや》で自転車をかりると、城《しろ》までひと走りし、ちょうど左の大屋根にちらと顔をだしたクレのことを目ざとく見つけ、たしかに二ひきのクレがいることを、しかとわが目でたしかめた。

(ほんとに世の中、どんなことがあってもふしぎではない……)

あんない男はあらためてこの世のふしぎを思いながらバスにもどった。

i

ねこのクレはたいくつしていた。

あごがはずれそうな大あくびを、三度、四度——いや、これでもう六度もくりかえしたのに、やっぱり「たいくつ」はきえてくれなかった。

(どうしてなんだろな。はじめは——ううん、ずうっとこんなことなんてなかったのになあ……)

たいくつでくもって、ぼんやりもやがかかったような頭のすみっこで、クレはちらとそう思った。ねこだってたいくつすることがあるのだ……。

*

たいくつまぎれに、クレは大屋根から見物客を見おろしていた。ほんとにいろんなのがいる。声も顔もきているものも、みんなまるでちがっている。あれで男と女がいりまじれば、まったくどんなことでもおこるかもしれんぞ……と、クレは思った。まさか、たいくつなんてしないだろな……。

それにくらべて、こちらはここにひとりきりで、のんびり毎日日なたぼっこだ。たいくつしてもしかたあるまい……。そしてまた、たいくつしのぎに、見物客を見おろすことにした。

見物客は、ずっとむこうのプラタナス並木《なみき》からやってくる。目のいいクレは、いったいどれほどじぶんの目がきくものか、目をほそめて遠くをながめやった。

そして、おかしなもの――いや、やつといったほうがよかった。おかしなやつがまじっているのに気がついた。遠目《とおめ》に見ても、そいつはまるで――まるでじぶんとそっくりに思えた。

そんなわけがあるまい――と、うちけしてみても、そいつがちかづくにつれて、体つきといい毛色といい毛なみといい、耳のたちぐあい、ひげのはりぐあい、しっぽのようすまでがじぶんにそっくりとしかいいようがない。

（まるでおれが歩いてるみたいだ。うん。わるくない……）

ちょっとてれながらそう思ったとき、そいつのほうでもクレのことを見つけたようで、びくんとたちどまった。じっとこちらをうかがっている。見物客は、そいつをおいてさっさとこちらへやってくる。なかに、おそろいのふくをきた娘《むすめ》さんがなんにんもいる。このお城《しろ》が、チョコレートやさんにかわれ、きれいに手いれされ、そのおひろめをかねた小パーティがきょうひらかれるのだが、クレはもちろんそんなことはしらない。娘《むすめ》さんたちは、あのレストラン・ホテルのウェイトレスとしてはたらいていて、それがきょうだけここでアルバイトをたのまれたものだったが、クレはそれもむろんしらなかった。そんなことより、あそこのあいつが気にかかっていた。あいつのほうでもクレのことを見あげたまんまじっとたちどまっている。

そのとき、娘さんのひとりがふりむくと、あいつに手をふって声をあげた。

―くるのよォ、クレェエ……。

屋根の上のクレは、もう一度すべりおちるところだった。いったいどうしてあの娘《こ》がじぶんの名をしっているのだ……。

あいつはその声を聞くと、はじかれたように歩きだした。だとすると、あいつもクレという名前らしい……と、クレは気がついた。

クレはもう人に見つかるのも気にしないで屋根の上からからだをのりだしてあいつのことを見おろしていた。

そしてあいつは――城の正面まできてもいちどたちどまり、クレのほうをふりあおぐと、風のように城を大まわりにうらのほうへ走りこんでいった。

*

クレとクレは大屋根の上で日なたぼっこしていた。まいにちのようにこうしているものだから、クレもクレもすこしたいくつしている。

—でもたいくつもふたりでするのはわるくないよな。

と、クレはいい、

—ほんと。たいくつもすてき。

と、クレはこたえた。

—すてきなたいくつをつづけてるなんて、たいくつしないね。

と、クレはいい、

—ほんと。わたし、たいくつってすきよ。

と、クレはこたえた。

冬の光が高く澄《す》んだ空からいっぱいにさしてきて、クレとクレのことをあたためてくれている。二ひきの日なたぼっこねこは、シュノンソーのお城《しろ》の大屋根の上でぜいたくにたいくつをたのしんでいた……。

おしまいに

（あの男は、屋根にねこが二ひきいた、なんていってたが、たぶんほんとだろな。そういうことって、うまくいけばよくあるもんなんだ……）

かえりのひこうきのなかで、おいしゃはぼんやりとシュノンソー城《じょう》を思いうかべながらそうなっとくしていた。

（クレとクレか。おにあいのふたりだもんな。けっこうけっこう……）

そしてスチュワーデスにワインをたのみ、そいつをかるくやりながらまた思った。

（あれらがもしもぴったりのあい鍵なら、こんどあそこへいったときにゃ、屋根にねこが二ひきじゃすまんだろな。小鍵めらがいっぱいいることになるぞ……）

けれどそこのところはシスターさまたちにはもうしあげにくいことだった。ただ、どうしてじぶんが手ぶらでかえってきたかを、ちゃんとごせつめいもうしあげることだ。神あるところに愛あり、愛あるところにふたりあり——ではいかがなものか、ふむ……。おいしゃはそれでうまくせつめいがいくものとかんたんにじぶんでなっとくし、ことりとねむりにおちた。

ゆめのなかでもときが流れ、おいしゃはまたバスにゆられてフランスの田園《でんえん》のまんなかを走っていた。そして、前の席に、見なれぬふたりぐみがすわっているのに気がついた。ふたりとも耳がぴんとおったっているのだ。おどろいて、ゆめのなかで目をさましたおいしゃの耳に、あのあんない男の声《アナウンス》が聞こえてきた。

―ほらほら、ときが流れるお城《しろ》が見えるって、まさにこのこと。むこうをごらんくださ
い、あれがフランスはロワールのふるいお城でございます。なかでもシュノンソーともう
すお城にはねこがどっさりすんでおりましてな……。
（ほらほら、いわんこっちゃない。いや、もうしあげたとおりでございましょう、シスタ
ーさま……）
おいしゃは、ゆめのなかではやばやとそんな「ほうこく」をもうしあげているのだった
……。

冬《ふゆ》の部屋《へや》

玲子《れいこ》は、最初そいつのことを、あっさりと見すごすところだった。なにしろ、校門を出たら、つめたい雨がふりだし、すぐに雪にかわった。むろん、かさなどもっていなかったから、いそぎ足で歩いた。だから、町角の草むらに、そいつがしょぼんとうずくまっていたのが目に入らなかったのも、むりはなかった。

町角をまがったところで、玲子はだれかがかわいくくしゃみする音をきいて、思わずふりかえった。近くへ帰るだれかかなと思ったのだったが、だれもいなかった。ちょっと気味悪かったが、もしかすると気のせいかと思い直すことにして、歩きだした。

するとまたうしろで、いやにはっきりと、

—ハクション！

と、くしゃみの音がした。

ふりむいた。だれもいなかった。まさか、透明人間《とうめいにんげん》などいるわけがなかった。逃《に》げ腰《ごし》になりながらも何かをさがす玲子《れいこ》の目にとまったのが、草むらで何やら動くものだった。

子ねこだ。けれど、子ねこがあんなにはっきりと人間みたいなくしゃみをするとは思えなかった。それでも、ほかにだれもいない以上、このねこがしたくしゃみと思うほかはなかった。

玲子はひき返して、草むらの子ねこをのぞきこみ、

—ほんとに、おまえだった？

ときいてみた。

すると子ねこは、まるで玲子の言葉がわかったみたいに、ニィィ……と、かわいくないた。玲子は思わずかがみこみ、子ねこに手をさしのべていた。子ねこは、さっきからのつめたい雨と雪のせいで、体じゅうぬれそぼっていた。水につけた食パンといったところだった。玲子は、その日おろしたばかりのハンカチで、ていねいにふいてやった。子ねこは、されるがままになり、目を細めていた。いくら子ねこでも、ふかふかの毛なみにもどしてやるには、ハンカチ一枚《まい》ではたりなかった。玲子はねこをだきあげ、ハーフコートのポケットにそっといれて歩きだした。子ねこが、ポケットの中でもう一度、くしゅん……と、

小さくくしゃみするのがきこえた。

ひろった以上、飼《か》ってやるつもりになっていたのだが、二、三歩もいかないうちに、玲《れい》子《こ》はチガウチガウのことを思い出した。玲子が生《うま》れる前から、もう十五年近くも家で飼っている老犬のことだ。チガウチガウは、としよりらしく気むずかしやだった。チガウチガウの気にいらなくては、子ねこをいっしょに飼うのはむずかしいことだった。

（チガウチガウにちゃんと説明して、言いきかせましょう……）

玲子は自分に言いきかせるようにそう思うと、さっさと歩きだした。

＊

家に帰っても、玲子は子ねこを、すぐにはチガウチガウに見せなかった。半分ぬれたままの、みじめったらしい姿《すがた》で紹介《しょうかい》したくなかったのだ。そっと自分の部屋にはいると、バスタオルにくるみこみ、ていねいにふいてやった。こんどは大きすぎたけれど、子ねこはやはり、されるがままになっていた。それから、ヘアードライヤーで乾《かわ》かしてやった。子ねこは、タンポポの綿毛《わたげ》みたいに、ふわふわになった。目は明るい緑いろで、とてもやさしい顔つきだった。玲子は一目《ひとめ》で、タンポポちゃんと名づける気になった。

—タンポポちゃん！

呼《よ》んでやると、子ねこは、ニィィ……とまた返事した。そこで、玲子はタンポポちゃんをてのひらにのせて、玄関先《げんかんさき》で眠《ねむ》りこんでいるチガウチガウのところへはこんでいった。

まさか、いきなりひとかぶりにするはずはないと思ったけれど、タンポポちゃんをチガウチガウの鼻先二十センチのところにおいてみた。チガウチガウの鼻がくんくん動き、うす目をあけたチガウチガウが、目の前のタンポポちゃんをみとめると、両目を見開き、小さくうなり声をあげた。タンポポちゃんは、おびえるどころか、平気でチガウチガウに数歩近より、ニィィ……とかわいく挨拶《あいさつ》した。それなのに、チガウチガウは、うなり声の「ボリューム」をあげた。タンポポちゃんは、それでも平気で、すぐ鼻先まで近よった。ふかふかのタンポポちゃんの毛が、チガウチガウの鼻をくすぐった。こうなると、うなり声よりもくしゃみだった。チガウチガウは、

——……シュ一ン！

と、大きなくしゃみをした。すると、タンポポちゃんも、それにつられたみたいに、

——ハァックション！

とやった。チガウチガウは、玲子《れいこ》を見上げた。犬の耳にも、それはやはり人間のくしゃみにきこえたらしい。タンポポちゃんは、もう一度、さっきのくしゃみのこだまみたいに、

——ハクション！

とやった。チガウチガウは、そんなはずがないとでもいうような目で玲子を見上げ、いつもの癖《くせ》の（名前のもとになった）、チガウチガウとでもいうように首を横にふった。

―ちがわないの。

玲子《れいこ》が説明してやった。

―人間語でくしゃみできるねこよ、タンポポちゃんは……。友だちになるのよ。

チガウチガウは、玲子の言葉がたいていわかった。もううなり声はたてず、ふしぎな花でも見るように、タンポポちゃんを見まわした。それからゆっくりと寝《ね》そべった。タンポポちゃんは、こわがるようすもない。そんなチガウチガウがぺろりとひろげた耳の上に、ちょこんとのっかった。チガウチガウは片目をあけてタンポポちゃんを見たが、何も言わなかった。タンポポちゃんがこわがらなかったのが、どうやら気にいったらしかった。玲子は、ほっとして、編《あ》みさしの首まきをとりあげた。

＊

首まきは、玲子が「文通《ぶんつう》」している人に送るものだった。文通はもう三年もつづいていて、相手は、もう四十歳《さい》ちかい「おじさん」だった。玲子が小学三年生のときに読んで気にいった本を書いた人で、そのときハガキを出したら、きちんと返事をくれた。文通はそれから始まった。その「おじさん」は京都に住んでいて、寒いところですと書いてきたから、玲子は、わたしが自分で編めるようになったら首まきを編んであげますと書き、三年後、ちゃんと編めるようになったので約束を守っているわけだった。

首まきは、一週間かけてていねいに編みあげた。ところどころ目が大きくあいたところができたのは、タンポポちゃんがじゃれついたところだ。みっともないが、長すぎるくらいに編《あ》んだから何重にも巻《ま》けるので、かくれてしまう。ただ、それを送るとき、その「ほころび」のわけを書いた手紙をそえた。タンポポちゃんのことを書いたのだ。ついでに、ひろったときのことと、チガウチガウとの出会いのいきさつのことも書いてやった。

＊

「おじさん」からお礼状《れいじょう》がすぐにきた。そして、玲子《れいこ》の手紙のことを面白《おもしろ》がり、イギリスのある作家が、ねこを飼《か》って、その「観察記録」を面白く書けたら作家になれる——と書いていたが、玲子さんもひとつ、タンポポちゃんのことを書いてみませんか——と書きそえてあった。

タンポポちゃんはおちゃめだ。一日に一つ何かをこわす。タンポポちゃんは、ためたがりやだ。一日に一つ、何かくわえこんでくる。タンポポちゃんは、いびきをかく。それも、くうくう……と人間なみだ。タンポポちゃんはそそっかしくて、チガウチガウのことを父さんに、玲子のことを母さんとまちがえているふしがある。それから、タンポポちゃんは冬の部屋にとてもよく似合《にあ》う……。タンポポちゃんのことなら書くことはいくらでもあった。これからも書きたいことを、いっぱいしでかしてくれそうだった。

玲子は「おじさん」の提案《ていあん》をうけいれることにした。それで、文通《ぶんつう》に「作文」が加わった。玲子は、文通と首まきのことでもわかるように、あきっぽくなく、約束は守るたちだ。

「おじさん」もまた、あきっぽくなく、親切に約束を守ってくれていた。やはり、玲子《れいこ》のような女の子が読む本を書く大人《おとな》だけのことはある……。

冬の部屋で、玲子の新しい「文通《ぶんつう》」が始まった。タンポポちゃんはその部屋でいちばん暖《あたた》かいところを見つけて、まるくなって、実によく眠《ねむ》る。今は、日あたりのよい窓《まど》べのクッションの上で、タンポポの綿毛《わたげ》になって眠っている。そいつを眺《なが》めながら、玲子は「おじさん」あての作文を書いている……。

＊

「おじさん」は、玲子の手紙の文章に、感心していた。ねこのことを書くように言ったのも、けっして面白半分《おもしろはんぶん》ではなかった。何年かのちに、玲子という女の子が、もしかしたら、そんなことがきっかけで本物の「童話作家」になれるかもしれない——と、だんだん本気で思えるようになってきたからすすめたのだ。ほんとに、玲子という女の子には、そういう力がある。かくいうわたしが——その「おじさん」であるわたしが言うのだからまちがいなし。それでもうたがわれるなら、この作品の前半分をお読みになって下さい。玲子という女の子が書いた作文そのままだから……。

え？　じゃあこれは「盗作《とうさく》」じゃないかって？　いや、わたしが玲子なのかもしれないではありませんか。

おや、隣《となり》の部屋でないているのは、タンポポのやつらしい。それではちょっとのぞいてくるとしよう。
それじゃ、また……。

間奏曲《かんそうきょく》ふうに

本篇《ほんぺん》は『明るい表通りで』という長篇《ちょうへん》の一章。五歳《さい》の少女かずみと父さんの日々の暮《くら》しの明暗が描《えが》かれ、その中に犬のピローと猫《ねこ》の太郎《たろう》が登場する。ピローはかずみの親友であり、太郎は犬語（ただし名古屋弁《なごやべん》の）もできるたいした猫である。後《バック》にはジャズが流れて……

1

—アンタガ犬ノ言葉ヲ話セルトハ思ワヘンカッタワ。タイシタ猫《ねこ》ナンヤナ。

いきなり太郎《たろう》に話しかけられたピローは、びっくりしながらもまず素直《すなお》に相手の能力《のうりょく》に、そう敬意《けいい》を表《ひょう》した。ピローは、人間の言葉はいささか分《わか》るが人間の言葉は話せない。猫《ねこ》の言葉も少しは分るが、猫の言葉では話せなかった。それなのにふたりの前から人間たちがいなくなると、太郎はいきなり犬の言葉で挨拶《あいさつ》してきたのだから、ピローが驚《おどろ》くのも無理はなかった。

―イヤー、テャーシタコトハニャーデ……。

と、太郎はおかしな言葉で謙遜《けんそん》した。

（そういうたら、まだ猫語がまじってるぞ）

と、ピローは気づいて首をかしげた。

―犬ト一緒《いっしょ》ニ育テラレタモンデヨ、シゼントコウナッチマッタンダワ。

―ソレニシテモ達者《たっしゃ》ナ犬語ヤナイカ。

―イヤ、ホントハソレホドデモニャー。

（おや、またまじった……）

―オミャーサンデモ猫ト一緒ニ育テラレャ、コンクライハ猫語ヲ話セルヨウニナラッセタデニャーノ。

（おやおや、二箇所《かしょ》も残ってる）

ピローの怪訝《けげん》な面持《おもも》ちに気づいて、太郎が説明した。

―名古屋生《なごやうま》レノ名古屋育チノ犬ダッタモンデ、ソコノ言葉ガウツッチマッタンダワ。ミャートカニャートトカハ猫語《ねこご》ガ残ッテルンデニャー。名古屋弁《べん》ナンダワ。

―ふふふふふ。

ピローは思わず笑い声をたててしまった。人間ばかりでなく、犬にも方言《ほうげん》があったのか、それにしても名古屋弁ってケッタイなもんやといった笑いだったが、そのくせ、自分がいつのまにやら、飼主《かいぬし》のとうさんをまねて大阪弁になっているのには気がついていなかった。

しかし、笑うピローに、太郎は目を丸くした。

―笑エルダナンテ、オミャーサンモテャーシタモンデニャーノ。オレハマダソコマデデキニャーモンダデヨ、感心シチマッタワ。

―ソンナモンカナー。

ピローは、ごくしぜんに笑えただけなのに、そんなことで感心されて面くらった。

―マ、コレデアイコデニャーノ。

太郎が言い、

―マ、コレカラハヨロシュウ。

と、ピローが挨拶《あいさつ》した。

―コチラコソヨロシクオネギャーシマスデ。

太郎はまた仁義《じんぎ》でも切るように言ってから、

—能力《のうりょく》トイエバ、ココノ女ノ子ハテャーシタモンデニャーノ。アンナニ小サイノニ、イッパシノ大人《おとな》ミタイデニャーカ。

と、このあいだからずっともち続けていた疑問《ぎもん》を率直《そっちょく》に提出《ていしゅつ》した。

—アア、ちーままノコトカイナ。

—ちーまま？

太郎がおうむ返しにきき返した。

—カンニン。小サナままサンミタイヤサカイニ、略《りゃく》シテちーままトオレハ思テルンヤ。

—ソウイヤァ、コノ家ハままサンナシデ暮《くら》シテルデ、大人ビヤータノカ。

—ソレニモトモト頭ノ回転ノゴッツイ早イ子ヤシナ。

—フウン……。

—ソレニぱぱサンガマタ世間ノ親ヤ大人トチゴテ、対等ニイウカ、大人同士ミタイニツキアウヨウニ育テタチュウコトモアルントチャウヤロカ。

—ワカルワカル。猫《ねこ》ヤ犬デモ、オッソロシク賢《かしこ》イノガイルデニャーカ。

—人間ニモソンナ子ドモガオッテモ不思議ヤナイヤロ。

—ヤッパ、環境《かんきょう》シダイデニャーノ。

—ソレハアンタヲミテモヨウワカルワ。

それからふたりは早口で情報《じょうほう》を交換《こうかん》した。太郎にとってはこれから暮すことになる新し

い家と家族、それに友だちのことについて最低にして必要なことを知っておきたかったし、ピローにしても、「ちーまま」に、

—弟の太郎よ。

と紹介《しょうかい》された猫《ねこ》のことをくわしく知りたかったからである。

ピローが詩人の加島《かしま》さん夫妻《ふさい》のことを話すと、太郎は植野《うえの》のじいちゃんのことを話した。ピローがこちらのとうさんのことを話すと、太郎は話で聞いた洋君《ひろし》の幼年時代のことを話した。だから、短い時間の内にふたりは一緒《いっしょ》に暮《くら》す人間たちについて、人間の方よりも的《てき》確《かく》な情報《じょうほう》を交換《こうかん》していた。それでないと言葉についてほとんど一方通行で生きていかねばならない人間と動物がうまくいくはずがないではないか。それにまた、猫や犬のように、生命の時間が人間の三倍も四倍も早くすぎてしまう小さな生物にとっては、時間を節約する必要があるのだった……。そして、それにもかかわらず、人間の方がまちがいなくというか、申し分なく誤解《ごかい》してくれることが多いのを、ピローも太郎も、経験《けいけん》からよく知っていた。

思ったとおり、「誤解」が女の子の姿《すがた》を借りてやってきた。ふたりの話声《はなしごえ》を聞きつけた「ちーまま」が大声でピローのことを叱《しか》りつけたのである。

—ピロー、だめじゃないの、そんなにしつこく太郎にうなったりしちゃ。

ピローは太郎に肩《かた》をすくめてみせた。

賢《かしこ》くてもやはり人間の子ども、まさか太郎が犬語でピローと話しているとは思いもつかず、ふたりの会話を、ピローひとりのうなり声と誤解《ごかい》しての叱責《しっせき》だった。

そして「ちーまま」がふたりの前に姿《すがた》を現《あら》わした。

そのときはもう太郎の姿はなかった。一足跳《いっそくと》びで風になって姿をくらましていたのだった。

——……ららら、おかしいのね。たしかにふたつ影《かげ》が見えてたのになぁ……。

「ちーまま」は首をかしげてピローのことをじろじろ見まわした。

——ずっとひとりだった？　それにしては長いことうなってたじゃない。どこかぐあいでも悪いの？

——ワウ。

ちがうとピローが言ったのに、「ちーまま」はまた誤解した。

——ピローがおかしいみたい。ちょっと獣医《じゅうい》さんとこへつれてくわ。

——ぼくもついてこうか。

洋君が顔をだした。もしも注射《ちゅうしゃ》でもうつようなことになって、ピローがいやがったりあばれたりするようなことになったときの助《すけ》っ人《と》のつもりらしかった。

——ワワウワン。

ちがうわい——と、ピローがもう一度言ってるのに、洋君はピローを抱《だ》きあげてしまっした。誤解《ごかい》が二重になり、ふたりになったかっこうだった。ピローはここのところは目をつむり、洋君におとなしく抱《だ》かれているふりをしながら、脱走《だっそう》のチャンスをうかがうことにした。

ふたりはピローを護送《ごそう》するような気もちらしく、林道《りんどう》から近道をとって町の獣医《じゅうい》さんちへいくつもりらしかった。いつも散歩にくる大好きな道やのに――と、ピローは薄目《うすめ》をあけながら林のむこうに目をやった。

（チャンス！）

むこうからやってくる人影《ひとかげ》は、たしかに加島さんではないか、ふたりにはまだ分《わか》らないらしかったが、ピローには一目《ひとめ》で分った。加島さんならピローがなつかしがってとびついていくには、かっこうの相手だった。ピローは目測《もくそく》してとびだす機会をねらった。

加島さんがこちらのふたりプラスわんに気がついて、やぁというふうに腕《うで》をあげた。

――あら加島さん！

と、「ちーまま」が声をあげ、洋君は加島さんに呼応《こおう》するように腕をあげた。

（いまや……）

ピローは洋君の腕の中からとび出していた。あっというまに加島さんの足許《あしもと》までかけてゆき、そのまわりをネズミ花火みたいにぐるぐるかけまわった。元気である――ということのデモンストレーションのつもりであった。

—や、ピロー、しばらく。元気だなあ。

加島さんはピローを一人前扱《あつか》いにして挨拶《あいさつ》してくれ、元気であることも認《みと》めてくれた。

—ワンー。

そうでーすと、ピローは返事した。ふたりはそんなピローに小首をかしげ、おっかしいな、先生のところまでつれていきゆうとこやったのに……とか、腕《うで》の中でぐったりしてたのに……とか、未練《みれん》がましそうにしゃべっていた。

—ぐったりだって？　先生のところだって？　大丈夫、大丈夫、あんなに元気に走りまわってるじゃないか。

加島さんはピローの気もちをまことに正確《せいかく》に通訳《つうやく》してくれた。いつかフランスの詩を翻《ほん》訳《やく》したとかするとかといった話を、ピローも耳にしたことがあった。犬の言葉（いや、気もちかな）を、これくらい正しく訳せるんだもン、人間の言葉の翻訳なんて絶対大丈夫《ぜったいだいじょうぶ》……と、ピローは心の中で太鼓判《たいこばん》を押《お》してあげた。

すると、そんなピローの気もちが通じたみたいなことを加島さんが言い出したので、ピローはすっかり驚《おどろ》いてしまった。

加島さんはこう言い出したのだ。

—いやぁ、いつか話してた詩画集《しがしゅう》の話がきまったもンでさ、おふたりに絵のことをお願いしにきたんだ。詩の方は翻訳もので、ぼくのじゃなくて残念なんだけど。でも口惜《くや》しいけど、ぼくよりうまい人が多いから、いいんだ……。

—ワンワン。

それはよろしおますわ……とピローは言ってあげ、とうさんにもその話を早くしてあげなきゃ……と思うともうかけ出していた。ピローのいきおいに引《ひ》っ張《ぱ》られたように加島さんが続き、ふたりもまわれ右してかけ出していた。加島さんのお蔭《かげ》で、ピローは獣医《じゅうい》さんから無罪放免《むざいほうめん》された。太郎はそんな四人を、林で一番高いクヌギの梢《こずえ》から見下ろしていた。

太郎は家族に続いて、このあたりの、自分のナワバリになるはずの土地のようすも点検探《てんけんたん》検《けん》に出ていたのだった。まったく猫《ねこ》とは思えないくらいの知恵《ちえ》のまわり方であり、実行家でもあった。枝《えだ》の上に太郎はのび上がるようにして、あたりのようすを見まわしていた。

だからすぐ下に一人のお年寄《としよ》りがやってきていたのに気づかなかった。

—見かけんお顔じゃな。

お年寄りは一人《ひとり》ごち、ハロウ、キャット……と太郎に呼《よ》びかけた。

—アーユー・ストレイ・キャット?

太郎もさすがに英語は分《わか》らず、それに、突然《とつぜん》に見知らぬ男に声をかけられてさすがに驚《おどろ》いてしまい、枝の上で立ちすくんでしまった。

—ノウ。ヒーイズ・タロウ。

太郎にかわるように誰《だれ》かが良い声で答えてくれた。名前までちゃんと知っていた。太郎はもう一度驚《おどろ》きながらその声の主《ぬし》を探《さが》し、見下ろした。見たことのない御婦人《ごふじん》だった。

—お父さま、その猫《ねこ》ちゃんはかずみちゃんちで暮《くら》すことになったとこの太郎ちゃんですわ。

—そうじゃったか……。

お年寄《としよ》りはうなずいて手をあげ、

—エクスキューズ・ミー。

と、また太郎に分《わか》らない言葉で挨拶《あいさつ》して、御婦人と歩き出した。太郎があわてて木からおり、ふたりのあとをつけてみると、ふたりは浜西《はまにし》と書いた大きな表札のある家に入っていった……。

浜西元海軍少将《しょうしょう》の親子であった。

2

—ですからいつか訳《やく》したことのあるプレヴェールとエリュアールにアラゴンの詩もふくめた一冊《さつ》にすることになったんです。

加島さんはとうさんに詩画集《しがしゅう》のことをそんなふうに説明していた。

ピロ一は、いつのまにか帰ってきていた太郎と並《なら》んで部屋のすみっこで話を聞いていた。

ときどき太郎の耳許《みみもと》に口を寄《よ》せて、

—分《わか》ル？

ときくと、太郎は片目《かため》をつむってウインクした。

—プレヴェールとアラゴンを先生に、エリュアールを洋君にお任《まか》せしたかっこうで絵をお描《か》きいただければと思いまして……。

加島さんは自分の構想《こうそう》を話していた。

—お任せしてちゅうと？

とうさんが質問した。

—どの詩に絵をつけて下さるかということをお任せするというくらいの意味です。

—なるほど。訳稿《やくこう》はもう揃《そろ》ってるのン？

—はい、女房《にようぼう》が書き写してくれたのをもってきました。

加島さんが手渡した原稿《げんこう》を、とうさんは少しずつ読んでいった。洋君も横でゆっくりと自分のもち分であるエリュアールの詩を読んでいった。沈黙《ちんもく》の中で、ピローと太郎が打合《うちあわ》せでもしたように毛づくろいをし始めた。

—いつのまにか仲良くなったみたい……。

「ちーまま」が目慧《めざと》く見つけて加島さんに言うのが聞こえた。ピローも太郎も、そんな言葉がまったく分らないようなとろんとした目つきをつくり、すまして毛づくろいを続けていた。

――これなんか面白《おもしろ》い絵が描《か》けそうや。

とうさんが一枚の原稿用紙《げんこうようし》を加島さんにさし出した。

――なるほど。

タイトルにちらと目をやっただけで加島さんはうなずいた。

――読んでちょうだい。

「ちーまま」がたのんでくれたので、こちらのふたりはほっとした。聞くのなら分《わか》るからである。

加島さんはちょっとためらったが、どうせ本になれば読まれてしまうのだからなあ……とぼやくように言ってから、ちゃんと読んでくれた。

――そこでなにしてる　可愛《かわい》いお嬢《じょう》ちゃん
　つんだばかりの花をもって。

　そこでなにしてる　可愛いお嬢さん
　しおたれた花をもって。

　そこでなにしてる　きれいな奥《おく》さん
　色あせゆく花をもって。

　そこでなにしてる　お婆《ばあ》さん

枯《か》れかけの花をもって。

うばってくれるの待ってるの、私《わたし》のことを。

読み終わると加島さんはちょっと照れたように「ちーまま」のことを見て、

「花束《はなたば》」って題のプレヴェールさんの詩でした、と説明した。

――分《わか》ル？

ピローが太郎の耳許《みみもと》でまたすす早くささやいた。太郎は顔をふくまねをしながら小さくうなずいた。「ちーまま」はそんなふたりの態度《たいど》を見て、また誤解《ごかい》してくれた。

――ピロー、そんなに太郎に息を吹《ふ》きかけちゃだめ。太郎、くすぐったがって頭をふってるじゃない。

（良かったァ）

ピローは内心ほっとしていた。ふたりの問答《もんどう》がばれてはおおごとだった。あの人たちは自分たちのしゃべっていることが、犬や猫《ねこ》に分られたと知ると、おれたちの前でしゃべらなくなる。

ピローはまた何食わぬ顔をつくり、太郎からちょいと離《はな》れた。あんまり親密《しんみつ》なところを見られると、勘《かん》のいい子だから何をどう憶測《おくそく》するかしれなかった。憶測たくましゅうして偶然当《ぐうぜんあた》る――ということにもなりかねない。人間の話していることが、いや、それどころか詩まで分る猫と犬であることなど、おくびにも出さないようにつくろわねばならない……とピローは決心していた。そこで長々と寝《ね》そべってあげることにした。人間が最も安心するポーズだった。

太郎もそんなピローの思いを察したのか、こちらは丸くまるまって目を閉《と》じた。それも人間が最も安心するポーズである。ピローは太郎の勘《かん》のよさとだましのうまさに舌《した》を巻《ま》いた。これからは精々《せいぜい》自分もだまされないように気をつけねば……と自分に言い聞かせていた。すると驚《おどろ》くべきことに、そうしたピローの気もちを読んだみたいに太郎が寝言《ねごと》をいったと見せかけた犬語で、ワワウワンと、低く鳴いた。心配無用——というわけだった。

—らら、太郎が寝言でピローの口まねしてる。

「ちーまま」が耳慧《みみざと》く聞きつけて言った。

—やっぱりちょっとおかしな猫《ねこ》ね。

「ちーまま」は太郎の秘密《ひみつ》を探《さぐ》りたげな目つきで独《ひと》り言《ごと》を言った。けれどあとの三人は詩に夢中《むちゅう》だったらしく誰《だれ》も返事しなかった。ピローは詩に感謝《かんしゃ》した。必要以上の関心をもたれて迷惑《めいわく》するのはいつも動物の方ときまっている。犬が絵を描《か》く力のあることを見つけられると、早速《さっそく》テレビ局から人がやってきて見せ物扱《あつか》いにされる。猫が猫らしくない力を発《はっ》揮《き》しても同じことだった。

とうさんは詩に感動したようすだった。また一枚の原稿用紙《げんこうようし》を加島さんにさし出した。

—このアラゴンの詩なんか、おおいにそそられるなぁ。

くすんと笑って加島さんは、そう言われると思っていましたと、答えた。
—読んで読んで。
「ちーまま」がまた加島さんにせがんでくれた。お蔭《かげ》でこちらのふたりとも、目をつむったまま立てていた聞き耳で、「徴兵忌避者《ちょうへいきひしゃ》」という題のアラゴンの詩を聞くことができた。
加島さんはちょっとおどけた口調で、しかし強い感じをふくめながら読んでくれた。
—ぼくにおしっこさせようと
シーシーコイって乳母《うば》め言ったもんだ
おれに小便させようと、うんちさせようと
ウンウンコイって看護婦《かんごふ》め言ったもんだ
おれにうんちさせようと
右へならえさせようと
コラコラソコって髭《ひげ》め言ったもんだ
おれに右へならえさせようと。
だがおれは右へならえなどせんど。
しっこもうんちもせんど。
もうごめんだわい。
アラゴンの詩の本当の意味は分《わか》らずに、言葉だけ聞いていていてピローはも少しで吹《ふ》き出すところだった。シーシコイコイコイ……なんて、小さいころかあさんがよく言ってくれたもンや、ウンウンコイコイコイの方はとうさんが言ってくれた。おれって小さいとき、あんまり丈夫《じょうぶ》ではなかったもンな、便秘気味《べんぴぎみ》でかあさんによく心配かけたもンな……。吹《ふ》き出さないためにピローはできるだけ悲しかったことを思いだそうとしていた。

その前で洋君は少しばかり悲し気《げ》に原稿《げんこう》を読み続けていた。絵になりそうな詩が少なかったのだ。読んでも読んでもとうさんみたいに画想《がそう》をそそられるようなのに出合わなかったのだ。

「ちーまま」はまた勘《かん》の良いところをみせた。そんな洋君ととうさんを見ていて、こう言いだしたのだ。

—とうさん、ずるいんじゃなーい。洋君と詩をかえてあげたら？　だってさっきからずっと洋君黙《だま》って読んでるだけなんだもン。

—……そうなン、洋君？

とうさんはすぐにたずねた。

—……いえ、説明でない絵の方が詩とは合うと思いますから、ゆっくり何度も読み直してみます。

（ごりっぱ）

ピローは耳をぴくんと動かして洋君に敬意《けいい》を表《ひょう》した。太郎もちゃんと聞いていて、しっぽをぴょいと動かしてピローに同意した。

—ららら、ふたりとも耳や尻尾《しっぽ》で合図しあってるんじゃない。

「ちーまま」の勘《かん》はさえていた。ふたりともあわてて寝《ね》ているふりにもどった……。

招《まね》き猫《ねこ》通信《つうしん》

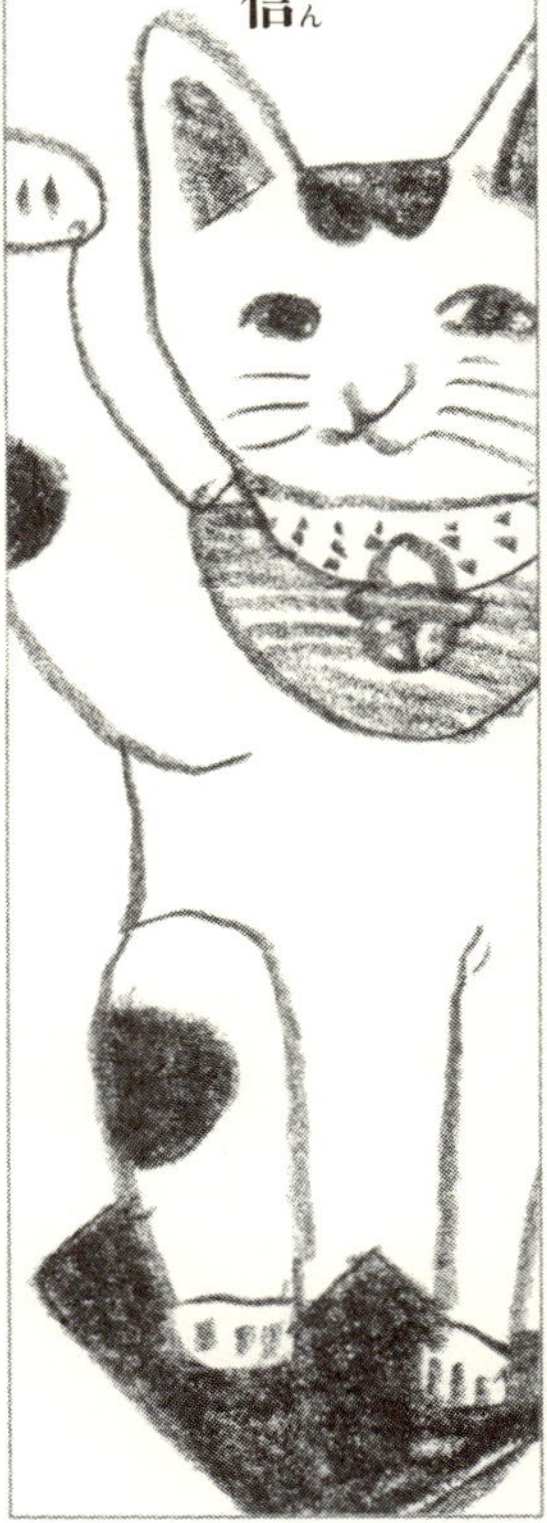

1

妹のひっこみ思案《じあん》にも困《こま》ったもんだ……と隆《たかし》はいつも思っていた。何とかして直してやらないと、将来《しょうらい》もっと困ったことになるかもな……と心配なのである。

何しろ妹ときたら、隆といっしょに文房具店《ぶんぼうぐてん》に入って、隆が買った消しゴムを気にいったとしても、それが気にいったとか、ましてや、だから私《わたし》にちょうだい……と言いだすのは、きまって消しゴムが小豆《あずき》くらいの大きさまで使われてからなのである。

ただし、妹の可愛《かわい》いところは、そんなに小さくなった消しゴムでも、

—そうだったのか。じゃ、あげるよ。

と、やったなら、

—兄ちゃん、ほんとにいいの？　有難《ありがと》う。

と、まるでルビーでももらったみたいに喜ぶところだ。

それだけに、隆《たかし》は将来《しょうらい》がつい気にかかるのである。消しゴムならよいが、それがもしも人間——いや、好きな人だったらどうするんだよ……と思うからである。やっと好きだと言ったとき、そいつがちびていたらどうするんだ。ましてや、他《ほか》の者に買われてしまっていたら——いや、他の女の人といっしょになっていたら、手おくれではないか。

隆がそんなところまで先走って心配するのもむりがなかった。父さんは単身赴任《たんしんふにん》でオデッサへいってしまっていて、たまには帰ることはあっても、まず五年はもどれることはないらしかった。ところが母さんときたら、ふとっぱらというか、のんきというのか、

—五年くらいすぐすぐ……。

と、気にしていないのである。つれあいのことがその調子だから、まだ中学生の娘《むすめ》のことなど、てんで気にしていないのである。勉強の受験のと口うるさい世間の親にくらべて、有難《ありがた》いというべきか、おおらかというべきか。それはよろしいとして、いきおい隆が、育ちざかりの妹のことに気をくばってしまうというわけだった。

（母さんがあれだからよけいひっこみ思案《じあん》になるのかもしれないけど、いいかげんにして

くれないとな……）

隆《たかし》はひとりやきもきして、妹のそんなところを何とか直してやろうとチャンスをうかがっていた。ところが、チャンスはおいそれとはやってこなかった。妹がひっこみ思案《じあん》で、ものほし気《げ》なところはみせないからである。これではまったく堂々めぐりというものではないか。

招《まね》き猫《ねこ》のときもそうだった。

近くの神社の夏祭りにでかけた夜のことである。それも、隆が何度もたのむようにしてやっとひっぱりだしたのだった。ほうっておけば妹は、部屋で文庫本を読んでいるたちなのである。妹の年ごろ――つまり中学二年生くらいの女の子なら、受験の心配さえなければそんなときなど友だちと喜んででかけ、タコやきの舟《ふね》とリンゴあめを両手にもって歩くのがふつうのことではないか。ましてや妹は、小中高と受験ヌキで上がれる私立校《しりつこう》だから、のんびりしていて当《あた》り前《まえ》なのである。じっさい、その夜の人ごみの中に、妹は何人も友だちを見かけ、そのたびにていねいに挨拶《あいさつ》していたし、された相手の方はきまって何かを召し上がっていた。それなのに妹ときたら、隆の三歩後あたりをひかえめについてくるだけで、買食《かいぐ》いどころか、あれ買ってのおねだりひとつしてくれないのである。

隆はものたりなかった。祭りの夜の気分がしなかった。それで自分は、まるで子どもみたいに屋台のいちいちに立ち止《どま》り、ほんとはほしくもない鈴虫《すずむし》のかごや、朝顔の鉢《はち》植えを買ってしまった。

——……おじさんみたい……。

妹はそんな隆《たかし》のことを見て、くすんと笑ってそう言った。よほどおかしかったのだろう。

——ちぇっ、せめて、父さんみたい……って言ってくれよな。

隆は少しばかりくさって、そう言い返してやった。父さんは隆をつれて縁日《えんにち》にきたときは、きまって何かの鉢植《はちう》えを買ったものだった……。

（食い物がやなら、せめて女の子らしく鈴虫《すずむし》でもほしがってくれりゃいいのにさ……）

そう思って買った虫かごを重く感じるような夜だった。結局、妹の方は手ぶらで家に帰った。母さんはさすがに、

——あら、隆ったら父さんそっくりらしいね。買ってくるものが同じだよ。

と言ってくれたが、そのあとがいけなかった。

——夕子《ゆうこ》には何もなしかい。妹にもおごっておやりよ。それとも何かしっかり食べたのかい？

なのである。何も分《わか》っていないのだ。

——だって夕子は何も言わないからさ。

隆が口をとがらすと、

——察しておやりよ、兄妹《きょうだい》じゃないか。

と、きた。それなら母さんが夕子《ゆうこ》をつれてけばいいんだ……と、隆《たかし》はもっと口をとがらせた。

妹が隆に、あんなのほしかったなあ……と、小さな声で言ったのは、夏も終《おわ》りのころであった。隣《となり》の屋根でのんびり寝《ね》そべっている野良猫《のらねこ》を見ての言葉である。

—母さんの猫嫌《ねこぎら》いは知ってんだろ。

—ううん、ちがうの。あのときお店で見かけた招《まね》き猫《ねこ》なの。

—どの店だよ?

—七味《しちみ》とうがらしの出店《でみせ》。

—……そりゃ、今さらむりだよ。

—だから、もういいの。

これだから困《こま》るのである。隆は招き猫探《さが》しにでかけることにした。

2

招き猫をかざってある店は見かけても、売っている店は大層《たいそう》少なかった。土産物店《みやげものてん》で見つけても、いやに小さくて貧相《ひんそう》なのである。やっぱり秋祭りまで待つしかないか——と、隆は思った。しかし、珍《めずら》しく妹がほしがったことを考えると、隆は何とか早いとこ見つけてもち帰り、妹を驚《おどろ》かせてやりたかった。自分も気にいり妹も一目《ひとめ》で気にいるやつを早いとこ見つけたかった。

それが、ないのである。招《まね》き猫《ねこ》にも、じつにいろんな人相《にんそう》（？）のものがあることに、隆《たかし》は初めて気がついた。大きさ、姿《すがた》、表情《ひょうじょう》、色……と四拍子《よんびょうし》そろって一目《ひとめ》ぼれできる招き猫となると、売物《うりもの》どころか、見かけるのだってむずかしいことに、隆はやっと気がついた。

思いあぐねて明《あきら》のやつに相談することにした。話を聞いた明は、隆の顔をまじまじと見つめた。

―招き猫だなんてお前、どういう趣味《しゅみ》なんだ。おれの親友とは思えん。ほしがるにこと欠いて、そんなおじんくさいものに目をつけやがるなんて……。

―すまん。じつはほしがってるのは妹なんだ。

そう打明《うちあ》けると、明の態度《たいど》はがらりと変《かわ》った。

―なんだそうかい。そいつを早く言ってくれなくちゃあな。

妹の趣味まで何か言われそうだとかまえていた隆は肩《かた》すかしをくらった感じだった。同時にもう一つの何かも感じていた。

―いっしょに探《さが》してやるよ。

明のやつは急に親切になった。親身にいっしょに探してくれたのである。二人《ふたり》でどれだけ街を歩いたことか。しかし今度《こんど》は二人の招き猫についての好みがなかなか一致《いっち》しなかった。

二人《ふたり》はもう少しで、おたがいの〝審美眼《しんびがん》〟のちがいから仲違《なかたが》いするところだった。二人がそうならなかったのは、もう少しというところで二人とも同時に、招《まね》き猫《ねこ》をほしがっているのが夕子《ゆうこ》であるのを思いだしたからである。

—それならお前、まンず夕子ちゃんにきいてみなけりゃな……。

明《あきら》はそう言いだしたのである。そして、隆《たかし》の腕《うで》をひっぱるようにして隆ンちへきてくれたのである。

夕子は、いつものひっこみ思案《じあん》を忘《わす》れたみたいに、詳《くわ》しく好み——というか、あのとき見かけたお気にいりの招き猫の特徴《とくちょう》を話したのである。隆は不思議なものでも見るように、そんな妹のことをぼんやり見ていた。

明のやつは、手帖《てちょう》にていねいにメモしながら、うれしそうに何度もうなずいていた。

夕子が自分の部屋にもどったあと、明は大声で告げた。

—つくるんだ。夕子さんの好みの招き猫をつくりゃいいんだよ、隆。

—つくるったってお前、招き猫のつくり方を知ってるのか。

—つくっちまえばいいんだよ。まあ、任《まか》しときなって。

明はえらく元気よく帰っていった。

＊

明《あきら》は招《まね》き猫《ねこ》をつくった。

いや、正確《せいかく》にいうと、隆《たかし》もいっしょになってつくったのである。もっと正確にいえば、明、隆のクラスの者全部でつくったのであった。

運動会の応援用《おうえんよう》のクラスの大かざりなのである。明のやつが、提案《ていあん》し、何のかのと言ってクラス全員でつくると決めさせ――つくらせたものである。

大きなものであった。できあがったものが教室の入口から出なかったのでお分《わか》りいただけると思う。しかし、その顔のつくり――大きなたれ目、金いろの鼻、細いおちょぼ口《ぐち》(!?)、きれいな紅色《べにいろ》にぬったぴんと立った両耳は、夕子《ゆうこ》の話していたとおりの出来であった。体のぶち――黒に赤いふちどりのある風変《ふうがわ》りなぶちも、首にぶら下げた千両と大書《たいしょ》した小判《こばん》も、夕子の言ったままのものであった。すべて、明の指示《しじ》によってつくられたものである。

もっとも、入口から押《お》し出すとき、仕方《しかた》なしに少しばかり体を押しつぶすかっこうになったから、やっと出たときは大きなへこみがのこった。けれど、その招き猫は、ゲゲゲの鬼太郎《きたろう》や浮浪雲《はぐれぐも》やゴルゴ13《サーティーン》の応援人形よりも、はるかに風格《ふうかく》があって人目《ひとめ》をひいた。明の口うるさい指示にほっぺたをふくらませていたクラスの連中も、いざ他《ほか》のクラスのものと並《なら》べて立てたときは大満足していた。

―さてと、これで明日はこの招き猫さんが肝心《かんじん》の方《かた》をお招き下さるでしょうな。

明《あきら》は隆《たかし》の前で誰《だれ》にともなくつぶやいた。

―肝心《かんじん》の方《かた》って？

うすうす気がつきながら、念を押《お》すつもりで隆が言うと、

―きまってるだろ、隆、明日が愉《たの》しみだな。

と、いやに嬉《うれ》しそうだった。

―そうか。あれか。あれなら無理だぞ。あきらめた方がいい。何しろひっこみ思案《じあん》だろ。高校の運動会なんぞにくるものか。

隆がそう言うと、明は、そうかなとつぶやき、

―お前、ちゃんと話してくれよな、招《まね》き猫《ねこ》の出来のことをさ。すべて夕子《ゆうこ》さま好みにつくってあるとな。

―そりゃあ、言うけどさ。

というわけで、隆は通信役というか、連絡係《れんらくがかり》みたいなことになった。

運動会の朝。隆は校門を入って自分の目を疑《うたが》った。招き大猫《おおねこ》の前に誰《だれ》かが立っているのである。どうやら、ほれぼれと見上げているようすなのである。思わずかけ寄《よ》っていって、

―……夕子、こんなに早くからどうしたんだよ……。

返事をしたのは妹ではなかった。招き猫の後ろからのっそりと姿《すがた》を現《あら》わした明のやつだ

った。

—ありがとよ、招《まね》き猫《ねこ》通信。ちゃんと届《とど》いたようだな。

招き猫は、そんな三人を大きなたれ目でじっと見おろしていた。

フクロウと子《こ》ねこちゃん

源《げん》の家は三軒《さんげん》長屋《ながや》の一つだったけれど、部屋は四つ、源は一人《ひとり》っ子《こ》だから、ちゃんと自分の部屋はもらっていた。南向きの日あたりのよい明るい部屋だし、白塗《しろぬ》りのモダンな本《ほん》棚《だな》には、本のほかに、ドライフラワーをいけた一輪ざしやら、デンマーク製《せい》のおかしな皮人形、砂時《すなど》計《けい》なんかもおいてあって、ちょっと見れば女の子の部屋と思ってしまうくらいだった。

それなのに、かんじんの源ときたら、年とったねこみたいにうっそりした顔で、背中《せなか》まで丸めて、休みの日なんか半日も、部屋のすみっこの小イスに腰《こし》かけて外をぼんやり見おろしているのだった。べつに家にいるのがいやなからでなく、学校でも同じようすでいることが多かった。そんな源のことを、昔なら〝ご隠居さん〟といったあだ名でよんだろうに、いまの子はそいつは思いつけず、〝フクロウ〟とよんだ。
　そういえば、休み時間、教室の窓《まど》ぎわのすみっこから、目を光らせて運動場を見おろし、ときおり、きょろんと頭をまわして砂場《すなば》や池に目をやるが、めったと口はきかない源は、口うるさいご隠居さんでなくて、フクロウであった。

　ところで源の家の隣《となり》は祠《ほこら》で、なにやら古いものがまつってあり、町内の年寄《としよ》りがいれかわりたちかわりおまいりにきており、きけば戦争中からのはやりで、ここにおまいりすればいくさに出ても生きてもどれるとひそかな評判《ひょうばん》で、戦後は良い子がさずかると、これはおおっぴらに評判だった。けれど、命拾《いのちびろ》いも安産《あんざん》も子どもには関係うすく、子どもたちはめったと、よりつかなかった。それなのに、源はひまさえあれば、それこそフクロウの目になってその祠を見おろしており、往来《おうらい》するお年寄りの顔もすっかり覚えていた。そんな源のようすを両親が知らないわけはなかったが、何度言ってきかせてもむだだと、いまはもう気にしないことにしており、これもいまどきの子どもに源太《げんた》などといった古くさい名前をつけたせいかと、むしろ自分たちを責《せ》めていた。でも誰《だれ》も源太とはよばず、源、源であり、それがまた、たしかに源をいじけさせていたのだ。源なんてなんだか古めかしい名の男の子に、マユミちゃんだのリカちゃんだのといった女の子が仲よしになってくれないものと、自分できめこみ、きっぱりあきらめているのだった……。

そんなわけもあって、源《げん》フクロウの祠見張《ほこらみは》りは続いていたが、ある夕方、ふと見ると、祠の前になにやらうごめくものがあった。犬よりも小さいからイタチか――と源は思ったが、とにかくおりてみることにした。そっと近よっても逃《に》げるようすがない。傷《きず》ついてるなと、瞬間《しゅんかん》わかったが、イタチならかみつかれるかもしれず、家にもどって懐中電灯《かいちゅうでんとう》をもって引返《ひきかえ》し、見るとなんのことはない、ねこだった。けれど源は大のねこぎらい。とんで逃《に》げた。それなのに、どういうわけか気になって、フクロウのぞきは続けていたが、ねこは少しずつ動かなくなり、やがてぴくりとも動かなくなった。死んだのかな、と思い、それならきらいなねこだってこわくない。もう三月とはいえ、まだ肌寒《はださむ》い夜に、さぞ冷たかろうと、おばあさんみたいな気もちになって、虫くいセーター一枚《まい》をつかんでおりていった。そおっとかけてやって、これまたおばあさんみたいに両手をあわせて、南無南無《なむなむ》ムニャ……と拝《おが》むまねをしているうしろから、すきとおった声で、

――源太さんて、やさしいんね……。

女の子だったが、とつぜんのことで源はとびあがった。ふりむくと、遠くの街灯《がいとう》のうすらあかりでも、すぐにマユミちゃんだとわかった。子ねこちゃんみたいにかわいくて、クラス一の人気者だから源だってわかるのだ。見ると、夜目《よめ》にもまっ白な、海の泡《あわ》みたいなふかふかのセーターをもっている。わたしもねこちゃんのこと見たから、これをかけてや

ろうともってきたの、とつぶやいて、声がとぎれたので、驚《おどろ》いて見つめると、ポロンと涙《なみだ》をこぼしていた。だって、死んじゃってるんだもん……。

　ねこはマユミちゃんのセーターもかけてもらって、ほんとは眠《ねむ》ってるんだぞといったようすに見えた……。

　あくる日から、源《げん》とマユミちゃんがならんで登校し、休み時間もおしゃべりし、運動場へもかけおりていっしょに遊ぶのを見て、みんなはほんとにびっくりした。けれどフクロウと子ねこちゃんは、そんなみんなのことなんか気にもとめず、ちょうちょみたいに飛びまわっていた。フクロウだって飛べるのだ。そういえば、そんなふたりのまわりに、春のにおいのする、気の早いモンシロチョウが二つ、ひららと、飛ぶのが見えた。

あさきゆめみし

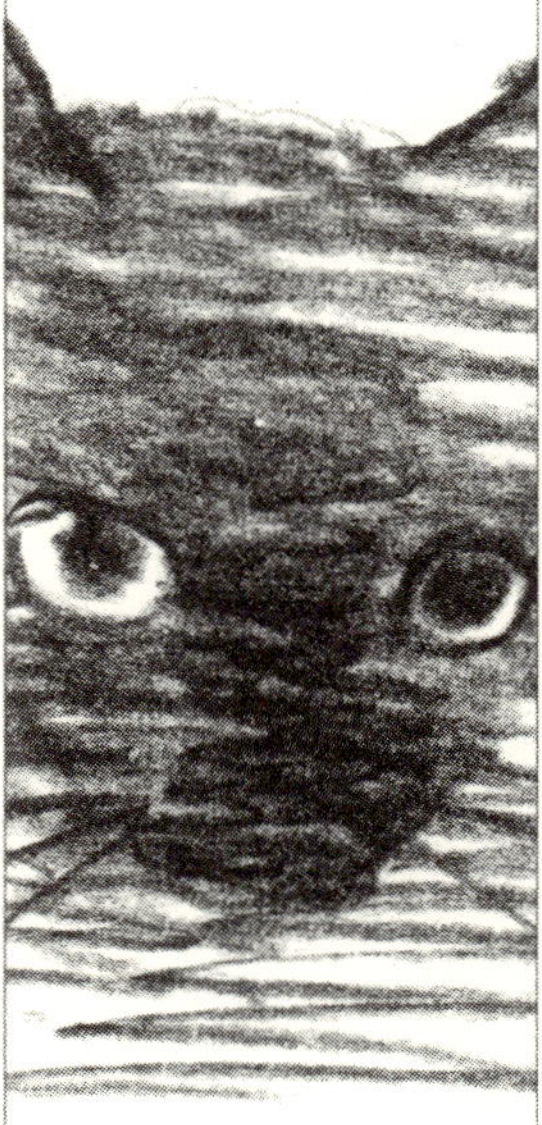

1

その声は不意打《ふいう》ちみたいに、いきなり麻子《あさこ》の耳の底から聞こえてきた。

—ミタゾミタゾミタゾアサコミーチャッタ。

その声は歌うようにそうくりかえした。けれどその声はあんまりかすかだったので、麻子は空耳《そらみみ》だと思った。それでもまさかと思いながら部屋をそっと見まわした。誰《だれ》もいなかった。いや、部屋のすみっこのクッションの上には猫《ねこ》のショコラがねむっていたが、ショコラが口をきくわけがない。やっぱり空耳だったのね……と自分に言いきかせるように思ったとき、また耳の底でさっきと同じせりふが聞こえてきた。

—ミタゾミタゾミタゾアサコミーチャッタ。

こんどは前よりもやや大きめの声だったので、麻子《あさこ》は思わず、

—何を見たの？

と、返事してしまった。

けれどその返事に答えはもどってこなかった。

ただ麻子の声がするどかったからか、のんびりやのショコラもうす目を開き、声をたてた麻子のほうに首をまわした。麻子はまた部屋中《へやじゅう》を見まわした目のすみっこでそんなショコラの動きをとらえ、

—いまの声はショコラなの？

と、たずねてしまった。

—ナーオ……。

ちがいます……というふうにショコラはなき、また目を閉《と》じてねむりの暗闇《くらやみ》にもどってしまった。

(なら、いったい誰《だれ》なの？)

麻子は自分自身に問いかけるしかなかった。

(ミタゾミタゾミタゾ……だなんて、いったい何を見たっていうの？)

麻子《あさこ》はさっきからずっとマフラーをあんでいた。レンガ色の毛糸ので、男物である。それも父さんのではなくて、同じクラスの孝《たかし》くんにあげるつもりのものだった。むろん、そんなことは家中《いえじゅう》の誰《だれ》も知らない。母さんが見たとしても、てっきり麻子本人のものをあんでいると思うにちがいない。麻子がまさか、男物のマフラーを、それもはじめからあげるつもりであんでいるなどとは思いもつかなかったにちがいない。麻子はまだ中学一年生だし、ふつうの女子中学生よりもおぼこいと、母さんは思っていた。

もっとも、当の孝くんだって、麻子が自分のためにマフラーをあんでくれていることなど知らなかった。ある事件《じけん》があったので、そのときのお礼の気もちから、麻子がやりはじめたことだった。

（それを見たっていうの？）

麻子はもう一度自分に問いかけた。麻子は自分の心の底を、いきなり誰かにのぞかれたみたいでどきんとした。するとまた声がした。

――ドキントシテルナオドロイテルナ、フフ。

こんどはもうふつうの人の話し声くらいだったから、麻子はあわてて両耳を押《お》さえた。声が耳から外へこぼれるのがこわかったからしたことだった。それにまた、あんまりぴったり自分の気もちを言いあてられたものだから、それを誰かに知られたくないということもあった。

でも、部屋にはショコラしかいないし、ショコラなら聞いてもわからないことだった。

—誰《だれ》よ、いったい、誰なの？

麻子《あさこ》はこんども声に出して呼《よ》びかけていた。気味悪い。相手の声はだんだん大きくなってきている。もう空耳《そらみみ》だとは思えなかった。ほんとにいったい誰なのか。そう、いつか文庫本で読んだ昔話に出てくるアマノジャキみたいに、人の心を先読みするのは誰なのか。

—フフフアマノジャキデハナイワイナ。

耳の底で誰かがこんどはそう言った。耳の底にたしかに誰かがいて話しかけたように、はっきりと聞こえた。

—なら、誰なのよ！

麻子はほとんどさけぶように言いかえしていた。

ショコラがおどろいたように目を開けた。麻子が部屋の中にいる誰かにむかって、しんけんにどなったように見えたので、ショコラは思わず、

—ナーオ……。

誰がいるんです？　とたずねるようにないた。

—のんきな声出さないで！

麻子はいつになくけわしい声でショコラを叱《しか》りつけた。ショコラは麻子のいきおいにたまげて、まるい体をもっとまるくして小さくなった。麻子はそんなショコラを見るとうら

やましくなった。自分もほんとはそうしたくなった。体をまるめて小さくなっていけば、どこかから自分を見て声をかけてくる誰《だれ》かさんの目から逃《のが》れることもできるかもしれない……と思ったからだった。けれど一方では、そんなふうにすくんだ気もちを、その誰かさんに読みとられるのもしゃくだった。ほんとはこわがっていないところをこそ、その誰かさんに見せたかった。でないと、その誰かさんは麻子《あさこ》の逃《に》げ腰《ごし》なのにつけこんでくるにちがいない……。

麻子は、ショコラがのびをするときみたいに、わざと両腕《りょううで》をさしあげて体じゅうのしめつけをとこうとした。何かのときに耳のぐあいがおかしくなっても（エレベーターの中なんかで）、こんなふうにして、ああんとあくびをすれば直るではないか。

―あああん。

麻子はわざと声に出してあくびをひとつしてみた。耳の奥《おく》で何かがシャリンと音をたてた。直った――と思ったのに、また耳の底から、

―ソンナコトデナオッタリスルモノカ。フフン。

と、またあの声が言った。ふふんとせせら笑った。

麻子は思わずショコラにかけより、ショコラをだきあげていた。だきすくめていた。麻子があんまりしっかりだきすくめるものだから、ショコラは目を白黒させて身もだえした。麻子はそんなショコラのあわてぶりを、自分のことのように感じて、ショコラを投げだし

ていた。

ショコラは、麻子《あさこ》があみかけのマフラーの上に、どたりとおちた。猫《ねこ》にしてはできのよいおちかたではなかった。麻子はこんどは、ショコラがすてんところぶほどのいきおいで、マフラーをひっぱりとっていた。ショコラは麻子の剣幕《けんまく》に気《け》おされたように、くたんところがったまま麻子のことを見上げていた。

―ネコニアタリナサンナ。

と、声が言った。

―あたっていないわ。

麻子が言いかえした。ちょっと声がふるえていた。

―ね、ショコラ。

たしかめるように、ショコラに呼《よ》びかけていた。ショコラは返事してくれなかった。もしかしたら、さっき投げだされたときの打ちどころが悪かったので、すねていたのかもしれなかった。麻子はそんなショコラに舌打《したう》ちしながら、そっと部屋を出ていこうとした。ここにいるのももうたくさんだった。誰《だれ》かさんに、することなすことばかりか思っていることまで、いちいち言いたてられるのは、もうまっぴらだった。麻子はドアを思いきり押《お》し、把手《とって》が壁《かべ》にはでな音をたててぶつかった。いきおいあまってドアがはねかえり、とびだそうとした麻子を押しもどすかっこうになった。

―もういや！

麻子《あさこ》は半分泣き声でさけぶと、ドアを蹴《け》り開けてとびだしていった。

2

麻子は階段《かいだん》をかけおりて、台所にとびこんだ。母さんがおどろいてそんな麻子に聞いた。

―どうしたの？　何があったの？

―声がするの。誰《だれ》かがわたしに呼《よ》びかけるの。わたしに言いつけるの。わたしのことを笑ったりするの。

麻子は正直《しょうじき》に〝出来事〟を話した。それなのに母さんは、

―やーだ。誰がいるの、誰もいないでしょうに。まさかショコラが口をきくわけもないし……。

と、とりあってくれないのだ。

―空耳《そらみみ》よ。きっと空耳。

母さんは、おまけにそうつけ加えた。空耳は、麻子だって初めてのとき思ったことだ。それがだんだん大きくなって、はっきり聞こえたから母さんに言いつけにきたのに、てんでとりあってくれない。

麻子《あさこ》は母さんをじっと見つめ、黙《だま》りこんだ。母さんが不意《ふい》によその人みたいに見えてきた。それでも麻子はもう一度だけ言ってみた。

—ミチャッタ——だなんて言うの。

—何を、です？　なんか見られて悪いことでもしたの？

麻子は胸《むね》の奥《おく》に大きな塊《かたまり》がこりかたまってくる気がした。もう何も言いたくなかった。くるんとまわれ右すると、階段《かいだん》をのそのそとあがって自分の部屋にもどっていった。

—おっかしな子。

母さんが台所でつぶやくのが聞こえた。

麻子は部屋のドアを開けっぱなしにしたままでベッドに腰《こし》をおろし、何かにつかれでもしたようにあみ棒《ぼう》を動かした。一心《いっしん》に何かをすれば、気もちを集中しさえすれば、あの声は聞こえてこないだろうと思ってのことだった。

それなのに、あの声がまた言った。

—ソンナノタカシクンニアゲレバ、ミンナガドウシテカタズネルゾ。ソシタラア、ハ、ハ、アノコトガシラレテシマウゾ。フフ。

麻子はあみ棒とマフラーを投げだし両耳を押《お》さえた。

時間が流れる。

ショコラが毛糸の玉にじゃれついた。マフラーが生きものみたいに動き、宙《ちゅう》に舞《ま》った。

麻子《あさこ》はこわいもののように、あみかけのマフラーを眺《なが》めた。また思いきったようにマフラーを手にとり、毛糸玉をたぐりよせ、あみ棒《ぼう》を動かしはじめた。

（そうかもしれないけど、わたし、孝《たかし》くんにちゃんとお礼がしたいもン。口べただからお礼うまく言えないから、いっしょけんめいマフラーをあむんだってば……）

心の中で、誰《だれ》かさんにそう言いかえしていた。

―アノコトヲミンナニシラレナイヨウニシテクレタタカシクンヲオイツメルコトニナルゾ。タカシクンダッテミンナニトイツメラレレバ、アノコトヲシャベルカモシレンゾ。

誰かさんの声は、麻子の気もちを押《お》しもどすように長いことしゃべった。

―そうかもしれないけど……。

麻子はまた声に出して受け答えしていた。

―それじゃわたしの気もちがすまないもン。時間がたつにつれて、そう思えてきたんだもン……。

―ダマッテイレバヨイモノヲ。ソレデナニモカモスンデイクンダゾ。ワカッテルクセニ。

―わかってるけど……。

麻子の返事の声がよわよわしくなった。あみ棒が指の間からおちた。

―誰としゃべってるんだ？

いきなり父さんの声がわりこんできた。ふりむくと父さんが笑っていた。それから、麻

子の足もとにおちたマフラーをとりあげると、

—父さんのかい？　うれしいことをしてくれるな。

と言った。麻子《あさこ》はいやいやをするように頭をふった。

—おンや、じゃあ、母さんのかい？

麻子はまた首を横にふった。

—じゃ、誰《だれ》ンだ。

父さんの口調が急にかわった。とがめるような言い方になった。麻子は黙《だま》りこんだ。

—母さんがお前のようすがヘンだっちゅうから心配して見にきてやったのに、なんだ、その態度《たいど》は……。

麻子は父さんの手からマフラーをひったくると、後《うし》ろ手《で》にかくした。

—かくしごとはよくないって言ってるだろ。かくしごとのないのがお前だったろ。

麻子は返事しなかった。誰にって言えば、次はどうして？　と聞かれるにきまっていた。そうしたらあのことを話さねばならなくなる。そんなの、いやいや、父さんになんて、口が裂《さ》けてもしゃべりたくなかった。麻子はかたくなに口をつぐんだ。父さんはそんな麻子をあきれた目になって眺《なが》めているばかりだった。すると耳の底で声がした。

—ズットイイコヲヤッテキタケド、モウアキタ……ッテイエバ。

そして麻子は低いくぐもった声で、その声をくりかえした。

—ずっといい子をやってきたけど、もうあきた……。

—……。

父さんはあまりのことに肝《きも》をつぶしたらしく、

—なんだって？　なんだって？　なんて言ったんだ？

とくりかえした。

—いい子やってるのにあきたって言ったの。

麻子《あさこ》は太い声で言った。父さんは、麻子の中に誰《だれ》かがいるのかとでも言いたげな目つきで麻子を見つめ、じりじり後じさりしながら部屋から出ていった。階段《かいだん》をかけおりながら、

—……母さん母さん、麻子がへんだぞ。

と、さけんでいた。

麻子はマフラーをていねいにまるめると、毛糸の先っちょを切り、半出来のマフラーをゆっくりと包装紙《ほうそうし》につつみはじめた。

—麻子、おりてらっしゃい。

母さんが金切《かなき》り声《ごえ》をあげるのが聞こえた。

麻子はつつみを小脇《こわき》に階段をおりていった。けれど、台所へも居間《いま》へもいかずに、玄関《げんかん》の三和土《たたき》におりたった。サンダルをつっかけると外へとびだしていった。

—どこへいくんだ？

――何しにいくの？

父さんと母さんの声が追いかけてきたが、麻子《あさこ》はふりむきもしないで家を後にした。どうして？　なぜ？　どこへ？　何をするんだ？……。生《うま》れてからずっと、よくもああ問いかけばかりできたものだ。自分のことは何ひとつ説明しないくせに、どうしてわたしにばっかり問いかけるの？……。麻子はふたりの声をふり切るようにかけだし、街角を曲《まが》った。

3

三十分後、麻子は街はずれの小公園のシーソーに腰《こし》かけていた。もう一方のはしには、孝《たかし》くんが腰かけていた。孝くんは、麻子にもらった半出来のマフラーを首にまきつけていた。短すぎて、まるで大きなこうやくでもまきつけたように見えたが、べつにいやがっている顔ではなかった。麻子は、そうしてくれている孝くんの気もちがうれしかった。

家を出て、まっすぐに孝くんの家の前にきた。どきどきしながらインターホンのスイッチを押《お》した。チャイムの音がして、孝くんの声が出た。

――どなたですか。

――……わたし。

麻子はそう言った。おじさんかおばさんが出たらどう言おうと思っていたので、ホッとした。孝《たかし》くんはその一言《ひとこと》で、麻子《あさこ》だとわかってくれた。

―麻子ちゃんか。すぐ出ます。

ちょっとよそいきの口調で言った。顔を出した孝くんの目の前に黙《だま》ってマフラーのつつみをさし出した。孝くんも黙ってそっとつつみを開いた。あのときのお礼だと言いたかったが、言うとあのときのことをはっきり思い出してしまうので、言えなかった。孝くんはマフラーを首にまきつけると、

―シーソーにのろうか。

と、さそってくれた。

シーソーにのって、ふたりでゆっくりと上下に動かした。そのうち、舌《した》がしぜんと動いて、耳の底からの声のことを話していた。孝くんは、何も言わなかった。問いかえしたり首をかしげたりもしなかった。黙っておしまいまで聞いてくれた。そして、おもむろに、

―ぼくにだって、そんなことがあったんだ。

と、こわいことを言った。

―でも、もう聞こえなくなった。

―どうして？

麻子がたずねた。

―岩井《いわい》先生に話したんだ。

—先生、どう言ったの？

—おれだって、そんなことがあったって。

—そのとおり。

明るい声がわりこんできた。ふたりがふりむくと、岩井先生が立っていた。

—シーソーごっこしてるふたりを見て、うらやましくって寄《よ》ってきたら、君たちだとわかったもんで、おじゃましました。おじゃまかい？

ううん……と麻子《あさこ》も孝《たかし》も首をふった。

—ちょいと立ち聞きもさせてもらった。こわーい話だったもんで、ついつい聞き耳をたててしまった。

—……。

そこで先生は、あのなあ、本多《ほんだ》……と、麻子にむき直った。

—あのことなら、おれも知ってたんだ。本多が議長でホームルームで話し合ってた。掃《そう》除《じ》のことでこじれて話が長びいた。本多の顔がくしゃくしゃになった。つらそうだった。あの顔だったら、おれにだっておぼえがある。声をかけてやろうとした。がまんせずに、さっさと走れって、トイレまで走れって。そのときはもう足もとがぬれていた。しみがひろがっていた……。

麻子は耳をふさぎたかった。でも、先生の口調がとても優《やさ》しかったので、黙《だま》って聞いていた。

——そのときだ。大江《おおえ》が——机《つくえ》のまん前にいた大江が立って花瓶《かびん》を倒《たお》した。水がこぼれて、しみといっしょになった。大江は黙《だま》って、掃除《そうじ》バケツと雑巾《ぞうきん》をもってきて、床《ゆか》をふいていた。早業《はやわざ》だったぞ。おれの出る幕《まく》がなかったくらいだもんな。

——……。

——おれだけが後ろから本多《ほんだ》のこと見てたもんな。わかったんだ。おれだけだぞ。

——……。

——ほんとは本多が言いたかったことを、みんな言っちまった。

それから先生は右手を出し小指を立てた。

——ゆびきりしような。

麻子《あさこ》がおずおずと小指をからませた。孝《たかし》も小指をからめた。

——他人《ひと》に言ったら針《はり》千本飲ませ！

先生は男の子が歌うようにさけんだ。

ふたりとも先生の指にからめた手を力いっぱいふった。

——じゃ、も少しシーソーごっこしたら。

先生は言って、現《あら》われたときと同じように、ふいと消えた。

ふたりはまたシーソーの両はしにもどって坐《すわ》り直した。シーソーがゆっくりと動きはじめた。もうそろそろ夕暮《ゆうぐ》れどきだった。少しずつ暗くなっていくシーソーのはしから孝《たかし》くんの声が言った。

—麻子《あさこ》ちゃんの聞いた声だけどさ、先生が食べてくれたんだ。

—え？

麻子はなんのことだかわからないので低声《こごえ》で聞きかえした。

—ぼくンときもだったけど、空耳《そらみみ》みたいに聞こえるのは、自分の声だった。

—……。

—誰《だれ》かに言いたくって言えないことだった……でしょ。

—……。

麻子はシーソーをゆっくり動かしながら、耳の底から聞こえてきた声のひとつひとつをゆっくりと思い出していた。こんどは声ではなく、小さな文字になって、頭の片《かた》すみに白くうかんだ。そして片はしから消えていった。小さな魚のように、白い文字はしっぽをふりふり消えていってくれた。

＊

麻子は、しっぽがあればそれをふりたいくらいの気もちで家に帰った。

父さんも母さんも、こわいものでも見る目つきで、麻子を見たが、黙《だま》って迎《むか》えてくれた。

麻子は、まず二階の自分の部屋に入った。クッションの上にはショコラがあいかわらずまるくなってねていたが、みどりいろの目が光るのが見えたから、ねむってはいなかった。

そこで麻子《あさこ》は、ショコラにひとりごとでも言うように話した。

―わたし、孝《たかし》くんのことがすきです。

ショコラは、

―ナーオ。

と返事した。よかったですと言ったように、麻子には思えた。

―孝くんだって、わたしのことすきみたいよ。

―ナーオ。

ショコラがまたないた。

い、い、い、

―あンときわかったんだけどさ。

―ナーオ。

―よかった。

麻子はひとりごとをそこでおしまいにして、ショコラの横に坐《すわ》りこんだ。耳をすましていた。耳をそばだてていた。けれどもう誰《だれ》かさんの声もささやきも聞こえなかった。

―……よかった。

もう一度つぶやいてからゆっくりと立ちあがった。

―メシでもくいにおりるか。

わざと男の子の口調でショコラに言った。いまごろはもしかすると孝《たかし》くんがこうつぶやいているんじゃないかと思いながら……。

――ナーオ……。

ショコラがないてゆっくりとのびをした。麻子《あさこ》もショコラとそっくりののびをひとつしてから、足どりも軽く下へおりていった。そうしながらどうしてだか、

（あさきゆめみし、あさきゆめみし、えひもせす……）

と、胸の中でくりかえしていた。

ばけねこざむらい

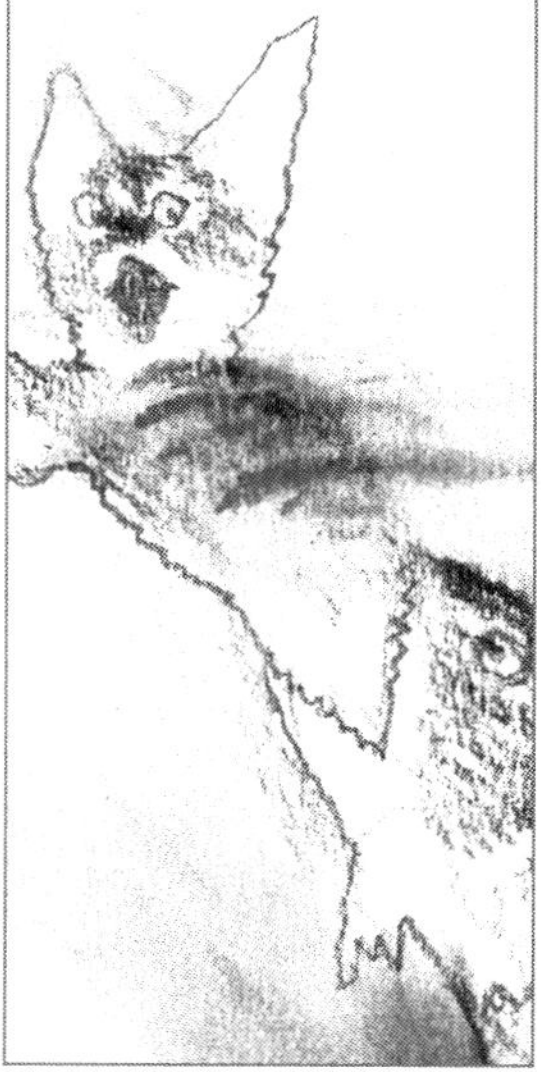

1

前を歩いているおさむらいを見て、信太《しんた》は首をかしげました。

刀のこじりが右にある。右差しのおさむらい――なんて、見たことがありません。左利《ひだりき》きの人でしょうか。しかし、信太の知っているおさむらいさんなら、みんな刀は左に差しています。

（へんだよな……）

といっても、町人《ちょうにん》の子がおさむらいさんを呼《よ》び止めて「どうしてですか？」なんて、きけるわけがない。

うっかりさやにさわったりなんかすれば、

—無礼者《ぶれいもの》めが！

と、どなられて、こわーいことになる。

十歩もさがったところから、おさむらいさんについて歩きながら、信太《しんた》はやはり気になって、

（へんだよなあ、早く気づいてくれないかなあ……）

と、やきもきしながら、その背中《せなか》をながめます。なのに、おさむらいさんは、まるで気づいてくれません。そのまま、ゆらりゆらりと歩きつづけていて、信太もつられて、少しずつ体をゆらしながら、ついて歩きます。ひとが見たら、信太がおさむらいさんの歩きっぷりをまねて、ちょっとからかっているようにも見えそうです。

それでも、それをつづけていると、おさむらいさんの歩きっぷりばかりか、その気もちまでうつってくるみたい。いつのまにやら信太は、口を「へ」の字にかたく結んだ、おっかないおさむらいの顔になっていきます。自分では気づかずに、友だちがすれちがっても、声をかけにくいような顔になっている……。

勘《かん》のするどいおさむらいなら、とっくに立ち止まってふりむき、そんな信太のことを、どなりつけ追っぱらっているでしょうに、前をいくおさむらいさんは、あいかわらずのー

んびりした足取りで、ゆらりゆらりと歩いています。

かあちゃんにたのまれたお使いの帰りです。早く帰らないとと思うのに、信太《しんた》も、口は「へ」の字で歩き方はゆーらりゆらり……。

急ぎ足の旅人らしい男が、ふたりとすれちがいましたが、まるで見えていないかのように、さっさといってしまいました。

どうやら、信太は、歩き方から化《ば》かされかかっているみたい……。

2

そのままおさむらいさんのあとについて角をまがると、お店のたち並《なら》んだ通りに出ます。

（あれえ、買い物でもするのかなあ……）

信太が十歩ばかりはなれて見ていると、おさむらいさんは、しばらくいってふいに立ち止まり、こちらにもどってきます。

（わわわ、わ……）

信太は、あわてて、そばのお菓子屋《かしや》の店先の「あめ玉」をながめているふりをしました。

そしてちらちらと目をやると、おさむらいさんは、どうやら一軒《けん》の店の前をいったりきたりしているようです。信太が看板《かんばん》を見ると、それは乾物屋《かんぶつや》さんでした。

（何を買うんだろうかな？　おさむらいさん）

お店の主人らしい人が出てきて、おさむらいさんにあいさつしました。信太《しんた》は聞き耳をたてます。

—いらっしゃいまし、お武家《ぶけ》さま、何をごいりようでしょう？

—いや、な、なに。なかなかにりっぱなかつおぶしだと思うての。

乾物屋《かんぶつや》さんの店先には、箱に入ったかつおぶしがたくさん並《なら》べられています。信太のうちでふだん買うのは、すみっこにおいてあるような少し欠けたやつですが、ふたりは高そうな右側の箱の前で話をしています。

—はい、ありがとうぞんじます。手前《てまえ》どものは、とくべつに手をかけさせたものをそろえておりまして……。

ご主人は、おさむらいさんが上等のかつおぶしを買ってくれるお客だと思ったのか、にこにこ顔《がお》でかつおぶしを二本持つと、かんかんと打ち合わせました。

—このように、いい音がいたします。しっかりとしておりましょう？　で、どれにいたしましょうか。ご進物《しんもつ》なら、このあたりのものがよろしゅうございますが……。

—むむ、いや、なに、ちと目にとまっただけでな……。

—さようでございますか。三日もいたしますれば、もっと上物《じょうもの》がとどきますが……。これ、紀州《きしゅう》からとどくのは、三日後だったね。

ご主人が首をひねって、店の奥《おく》に声をかけました。

—ぼうず、いつまであめ玉をにらんでるんだい？

信太《しんた》の目の前に、お菓子屋《かしや》のおばあさんの顔が、ぐいと突《つ》き出されました。

—あれ、どこにいきなさったかな？

あめ玉を買うはめになった信太が、あめ玉を一つ、口にほうりこんでふりむくと、乾物屋《かんぶつや》のご主人が表に出てきょろきょろしています。つい今までそこにいたおさむらいさんの姿《すがた》が、どこにもありません。

信太は、なんだかどきどきしてきました。知らん顔で乾物屋さんの前をとおりすぎ、となりの店との間をのぞいてみましたが、せまーいすきまで、人が入れるような幅《はば》はない。もちろん、そんなところにおさむらいさんは、いません。まっ白なねこがいっぴきいたばかり……。

（むこう側にいっちゃったのかな？）

信太が道をもどろうとしたとき、顔を洗っていたねこが立ちあがりました。そして、店と店とのすきまを、裏《うら》のお寺のほうに向かって歩いていきます。ゆらりゆらり……。信太をさそうかのように、立てたしっぽがゆれます。ゆらり、ゆらり。そして、塀《へい》をかけ上ると、お寺の裏庭《うらにわ》にとびおりたようでした。

—まるっきり、へんてこだったんだから。

晩《ばん》ごはんのときに、信太《しんた》はさっきあったことを話しました。

—やっぱり、あのねこがあやしいと思うんだよ。

—それじゃ、何かい、その右差しは、ねこが化《ば》けていたってえのかい？

とうちゃんは、お酒でほんのり赤くなった顔で笑いました。信太のとうちゃんは植木職《うえきしょく》人《にん》です。きょうはいいお天気で、仕事がはかどったとかで、きげんがいい。

—でもねえ、あのお寺の境内《けいだい》は広いからねえ……。木だってたくさん茂《しげ》ってるし、お灯《とう》明《みょう》の油をなめたばけねこが住みついても、おかしくはないね、おおこわ。

こわがりのかあちゃんは、信じてくれそうです。

—きっとそうだって。おいら、おさむらいさんの歩き方を見てたら、なんだかくらくらしてきちゃってさ。あの白ねこのしっぽのゆれ方が、おさむらいさんの歩き方にそっくりだったんだ。

—いいなあ、あたし、そのねこ、飼《か》いたい。

信太はびっくりしました。前からねこを飼いたがっていた妹のおゆきは、雪のように白くてきれいなねこだったと聞いて、すっかりほしくなったようです。

—ばけねこ、だぞ。

と、とうちゃんにからかわれても、

—およしよ。おさむらいさんに化《ば》けるくらいなんだから、次は何になるか、わかったもんじゃないよ。

かあちゃんにおどかされても、

—いいもん、こわくない。かつおぶしがすきなんだから、だいじょうぶ。

なにがだいじょうぶなのか、これときめたおゆきは強気《つよき》で、まったく平気です。とうとう信太《しんた》は、ばけねこをつかまえる約束をさせられてしまいました。

3

（乾物屋《かんぶつや》さんのご主人、たしか、三日ほどあとって言ってたよな……）

信太は、乾物屋さんに上物《じょうもの》のかつおぶしがとどく日に、またあのおさむらいさんがあらわれると、にらみました。

（だったら、きょうあたりだよな……）

でも、ほんとうにねこが化けているのなら、もしかすると、ちがう姿《すがた》になっているかもしれません。

信太《しんた》のふところには、またたびの枝《えだ》が入っています。これを持ってて、白ねこを見つけたらにおいをかがせな――と、きのう、とうちゃんがくれたものです。

こんなの、きくの？――ときくと、まあ、ばけねこでも、ねこはねこだからな――と、とうちゃんはにやにやしながら言いました。

おゆきは、

―にいちゃん、がんばって。

と、言ったきり。

（ちえっ、いつもそれだもんな……）

この前と同じように、お菓子屋《かしや》さんの前にずっといるわけにもいきません。さっきお店のおばあさんに、ぼうず、またあめ玉かい――と言われてしまいました。

どこで見張《みは》っていようか――と、信太がうろうろしながら考えていると、乾物屋《かんぶつや》さんの前に、大きな大八車《だいはちぐるま》がつきました。荷物がとどいたようです。

たくさんの人たちが、荷物をおろしたり運んだりしはじめました。

すると、人ごみにまぎれるように、いつのまにか、あの隣《となり》のお店とのすきまの前に、このあいだのおさむらいさんが立っています。そして、同時にみんなが店にはいった次の瞬《しゅん》間《かん》、さっと右はじのかつおぶしに手をのばし、ふところにいれました！

信太《しんた》は乾物屋《かんぶつや》さんめがけて走りだしました。でも、相手のほうがすばやい。おさむらいさんの姿《すがた》は、すきまに消えてしまいました。

4

信太はそのまま長屋《ながや》の家にかけもどり、おゆきの手をひっぱりました。

—出たの、にいちゃん！

—出た！

ふたりは下駄《げた》を飛ばしそうないきおいで、乾物屋さんの裏側《うらがわ》のお寺に急ぎました。

そおっと門をくぐる。

だれもいません。

—本堂の裏かな……。

—でも、そっちはお墓《はか》だよ。

信太のほうが、へっぴり腰《ごし》です。

—いいから、いいから。

おゆきに引きずられるように、本堂の裏にまわってみると——いました。

白いねこが、大きなかつおぶしを両前足でかかえて、格闘《かくとう》しています。

このあいだ乾物屋《かんぶつや》のご主人が、かんかんと打ち合わせたかつおぶしです。そうとうにかたいらしい。いくらばけねこでも、かんたんには歯がたたないようです。

信太《しんた》とおゆきは顔を見合わせると、そっとそっと、ねこに近づきました。信太はとうちゃんにもらった、またたびの枝《えだ》をにぎりしめています。

—ねこちゃん。

手のとどくところまできて、おゆきがうれしそうにねこなでごえを出しました。信太は、またたびの枝をそっと鼻先にさしだします。

ねこは、にげません。

（とうちゃんの言ったとおり、ばけねこでもまたたびがきくみたいだな）

でも、なんだかようすがおかしい。

—ねこちゃん？

おゆきがねこの顔を見て、ぷっとふきだしました。きれいなまっ白いねこなのに、下の前歯が欠けて、べろがちょろりと出て、まのぬけた顔になっていたのです。

それですっかり元気をなくしたのでしょうか。ねこは、あっさり、手をのばしたおゆきにだかれました。

—これはもしかしたら、かなりおとしよりかもしれないぞ。

信太は言いましたが、おゆきは、

―化《ば》けるくらいだから、あたりまえでしょ。いいじゃない、べろが出てるのもかわいいもん。

そして、ねこに話しかけました。

―おまえ、うちの子になる？　うちにきたら、かあちゃんがかつおぶしをけずってくれるよ。でも、歯が欠けちゃったんだし、もうおとなしくしてね。ばけねこも、どろぼうねこも、だめ。

―はにゃあ。

ねこは、承知《しょうち》したようでした。

（やれやれ、おいらが先に見つけたんだけどな）

ねこのしっぽをなでながら、信太《しんた》は、かつおぶしをけずるのも自分の役目になりそうだな……まあ、それでもいいか――と思っていました。

本書は、単行本『きょうも猫日和』（一九九一年　マガジンハウス）に収録された二十篇のうちの十作品と、「飛ぶ教室　第40号」（二〇一五年一月　光村図書出版）に掲載された「ばけねこざむらい」（遺作）を底本とし、計十一篇を収録しました。

単行本『きょうも猫日和』の他の十作品は、『ねこをかうことにしました』（ハルキ文庫、一六年十二月刊行予定）に収録予定です。

Haruki Bunko
ハルキ文庫

い 23-1

きょうも猫《ねこ》日《び》和《より》

著者　今江《いまえ》祥智《よしとも》

2016年10月18日第一刷発行

発行者　角川春樹

発行所　株式会社角川春樹事務所
〒102-0074 東京都千代田区九段南2-1-30 イタリア文化会館

電話　03(3263)5247(編集)
03(3263)5881(営業)

印刷・製本　中央精版印刷株式会社

フォーマット・デザイン　芦澤泰偉
表紙イラストレーション　門坂 流

ISBN978-4-7584-4038-7 C0193 ©2016 Eriko Imae Printed in Japan
http://www.kadokawaharuki.co.jp/[営業]
fanmail@kadokawaharuki.co.jp[編集]　ご意見・ご感想をお寄せください。